D1690125

Beppe Fenoglio
Eine Privatsache

Beppe Fenoglio

# Eine Privatsache

Roman

Revidierte Übersetzung aus dem Italienischen
von Heinz Riedt

Steidl

Titel der italienischen Originalausgabe: »Una questione privata«,
© Copyright 1963 by Aldo Garzanti editore
»Eine Privatsache« erschien erstmals 1968
im Benziger Verlag, Zürich und Köln.
© Copyright für die deutsche Übersetzung by Benziger Verlag

1. Auflage 1998
© Copyright für die revidierte Übersetzung:
Steidl Verlag, Göttingen, 1998
Alle Rechte vorbehalten
Lektorat: Ulrike Streubel
Umschlaggestaltung: Klaus Detjen
unter Verwendung eines Fotos von Klaus Bossemeyer/Bilderberg
Satz, Druck, Bindung:
Steidl, Düstere Straße 4, D-37073 Göttingen
Gedruckt auf Öko 2001 RC-Papier zur ökologischen Buchherstellung
(80 Prozent Altpapier, 20 Prozent Durchforstungsholz aus nachhaltiger
Forstwirtschaft, ohne Färbung, ohne optische Aufheller)
Printed in Germany
ISBN 3-88243-549-6

# I

Den Mund leicht geöffnet, mit herunterhängenden Armen, sah Milton zu Fulvias Villa hinüber, die einsam auf dem Hügel über der Stadt Alba lag.

Er spürte sein Herz nicht schlagen, vielmehr schien es in seinem Körper auf der Flucht.

Da waren die vier Kirschbäume, die hinter dem angelehnten Tor den Weg säumten, die beiden Buchen, die ihre Wipfel weit über das dunkel glänzende Dach reckten. Die Mauern waren immer noch blendend weiß, ohne Flecken und rauchige Spuren, die stürmischen Regenfälle der letzten Tage hatten ihnen nichts anhaben können. Sämtliche Fensterläden waren anscheinend schon seit langem fest verriegelt.

»Wann werde ich sie wiedersehen? Vor Kriegsende bestimmt nicht. Das wäre auch nicht gut. Aber gleich an dem Tag, wenn der Krieg aus ist, mache ich mich auf den Weg nach Turin und suche sie. Sie ist fern von mir, genauso fern wie unser Sieg.«

Sein Kamerad kam näher, er rutschte auf dem frischen Schlamm aus.

»Warum hast du diesen Umweg gemacht?« fragte Ivan. »Warum bleibst du hier stehen? Wohin starrst du eigentlich? Auf das Haus drüben? Was ist denn daran so interessant?«

»Seit Kriegsanfang habe ich es nicht mehr gesehen, und bis Kriegsende werde ich es nicht mehr sehen. Gedulde dich fünf Minuten, Ivan!«

»Hier geht's nicht um Geduld, sondern um unsere Haut. Es ist gefährlich hier oben. Wegen der Patrouillen.«

»So weit wagen die sich nicht rauf. Sie kommen höchstens bis zur Eisenbahn.«

»Hör auf mich, Milton, machen wir, daß wir weiterkommen. Der Asphalt ist mir nicht geheuer.«

»Wir sind hier ja gar nicht auf dem Asphalt«, erwiderte Milton, der schon wieder die Villa anstarrte.

»Aber er ist gerade unter uns«, und Ivan deutete auf ein Stück Landstraße gleich unterhalb der Anhöhe, eine Straße voller Risse und Schlaglöcher.

»Der Asphalt behagt mir nicht«, wiederholte Ivan. »Auf einem Feldweg mache ich den Blödsinn mit, aber der Asphalt behagt mir nicht.«

»Warte fünf Minuten auf mich«, antwortete Milton ruhig und ging auf die Villa zu. Ivan kauerte sich seufzend auf die Fersen, stützte die *Sten*\* auf den Oberschenkel und überwachte die Landstraße und die Feldwege des Abhangs. Er warf seinem Kameraden noch einen letzten Blick nach. »Wie läuft denn der? In all den Monaten hab' ich ihn noch nie so laufen sehen, wie auf Eiern!«

Milton war häßlich: Hochgewachsen, hager, mit krummem Rücken. Er hatte eine dicke, ganz blasse Haut, die sich aber beim geringsten Wechsel von Licht oder Laune verfärben konnte. Obwohl er erst zweiundzwanzig war, hatte er an den Mundwinkeln schon zwei ausgeprägte herbe Falten und eine zerfurchte Stirn, weil er die Angewohnheit hatte, sie fast pausenlos zu runzeln. Sein Haar war kastanien-

---

\* Englische Maschinenpistole

braun, doch Monate in Regen und Staub hatten es zu einem verwachsenen Blond gebleicht. Für ihn sprachen nur die Augen, traurig und ironisch, hart und voll Sehnsucht; sie zogen auch jene Mädchen an, die ihm keineswegs gewogen waren. Er hatte lange sehnige Beine, an ein Pferd erinnernd, die ihm einen weitausholenden, raschen und beherrschten Schritt verliehen.

Er trat durch das Gittertor, das nicht quietschte, ging über den Vorgartenweg bis auf die Höhe des dritten Kirschbaums. Was für prächtige Kirschen hatte es im Frühjahr zweiundvierzig gegeben! Fulvia war hinaufgeklettert, um für sie beide Kirschen zu pflücken. Sie sollten nach einer Tafel echter Schweizer Schokolade verspeist werden, von der Fulvia einen geradezu unerschöpflichen Vorrat zu haben schien. Wie ein Wildfang war sie hinaufgeklettert; um die, wie sie sich ausdrückte, glorreich reifsten Früchte zu pflücken, hatte sich auf einem Ast breit gemacht, der nicht sonderlich stabil aussah. Der kleine Korb war schon voll, aber sie kam immer noch nicht herunter; sie kletterte nicht einmal zum Stamm zurück. Er dachte schon, sie bliebe absichtlich so lange oben, damit er näher treten und einen Blick von unten zu ihr hinaufwerfen solle. Statt dessen wich er ein paar Schritte zurück. Ein Schauer fuhr ihm bis in die Haarspitzen, und seine Lippen bebten. »Komm runter. Es reicht, komm jetzt. Wenn du noch länger oben bleibst, esse ich keine einzige Kirsche. Komm runter, oder ich schütte den ganzen Korb hinter die Hecke. Komm runter, du versetzt mich in Panik.« Fulvia lachte; es klang ein bißchen schrill. Aus den oberen Ästen des letzten Kirschbaums flog ein Vogel auf.

Er ging mit sehr leichten Schritten weiter auf das Haus zu, blieb stehen und ging wieder zu den Kirschbäumen zurück. »Wie konnte ich das vergessen?« dachte er betroffen. Genau auf der Höhe des letzten Kirschbaums war es gewesen. Sie war über den Weg auf die Wiese hinter den Kirschbäumen gegangen. Dort hatte sie sich hingelegt, trotz ihres weißen Kleides und obwohl das Gras nicht mehr warm war. Sie hatte ihren Nacken mit den Zöpfen in die Hände geschmiegt und in die Sonne gestarrt. Aber als auch er auf die Wiese kommen wollte, rief sie nein. »Bleib, wo du bist! Lehn dich an den Stamm des Kirschbaums. Ja, so!« Dann sagte sie, während sie immer noch in die Sonne sah: »Häßlich bist du!« Milton stimmte ihr mit den Augen zu, sie aber sagte: »Du hast herrliche Augen, einen schönen Mund, wunderschöne Hände, aber alles in allem bist du häßlich.« Unmerklich drehte sie den Kopf zu ihm und sagte: »Aber so häßlich bist du nun auch wieder nicht. Wie kommen sie nur dazu zu sagen, du seist häßlich? Sie sagen es ohne ... ohne Verstand.« Aber eine Weile später, ganz leise zwar, aber so, daß er es hören mußte: »*Hieme et aestate, prope et procul, usque dum vivam* ... O großer und lieber Gott, laß mich nur für einen Augenblick im Weiß jener Wolke das Profil des Mannes erkennen, dem ich das sagen werde!« Mit einem Ruck wandte sie ihm ihr Gesicht zu:

»Wie wirst du deinen nächsten Brief anfangen? ›Verdammte Fulvia!‹?«

Er schüttelte den Kopf und rieb sein Haar an der Rinde des Kirschbaums. Fulvia ereiferte sich: »Soll das heißen, daß es keinen nächsten Brief geben wird?«

»Es heißt nur, daß ich ihn nicht mit ›Verdammte Fulvia!‹ beginnen werde. Du brauchst dir wegen der Briefe keine Sorgen zu machen. Ich weiß, wir können es nicht mehr lassen: ich, dir Briefe zu schreiben, und du, sie zu erhalten.«

Es war Fulvia, die ihn nach der ersten Einladung in die Villa genötigt hatte, daß er ihr schreiben solle. Sie hatte ihn heraufgeholt, damit er ihr den Text von *Deep Purple* übersetzte. »Ich glaube, es geht da um den Sonnenuntergang«, hatte sie gesagt. Er übersetzte den Text direkt von der Platte, die sie auf kleinste Umdrehungszahl eingestellt hatten. Sie schenkte ihm Zigaretten und eine Tafel von dieser Schweizer Schokolade. Sie hatte ihn bis ans Tor begleitet. »Kann ich dich morgen früh treffen«, fragte er, »wenn du nach Alba runterkommst?«

»Nein, auf gar keinen Fall!«

»Aber du kommst doch jeden Morgen und machst die Runde durch alle Cafés.«

»Auf keinen Fall. Du und ich in der Stadt, das ist nichts für uns.«

»Aber hierher darf ich kommen?«

»Das sollst du sogar.«

»Wann?«

»Genau heute in einer Woche.«

Milton wußte nicht, woran er war, angesichts der Ungeheuerlichkeit, der Unüberwindbarkeit dieser endlosen Zeitspanne. Und sie, wie hatte sie das nur so leicht festlegen können?

»Also abgemacht, genau heute in einer Woche. Aber in der Zwischenzeit schreibe mir.«

»Einen Brief?«

»Natürlich einen Brief. Schreib ihn mir nachts.«

»Ja, aber was für einen Brief?«

»Irgendeinen Brief.«

Daran hatte sich Milton gehalten, und als er sie zum zweitenmal traf, hatte Fulvia gesagt, er schreibe ausgezeichnet.

»Ich hab's ... einigermaßen hingekriegt.«

»Wunderbar, sag' ich dir. Weißt du, was ich mache, wenn ich nächstes Mal nach Turin komme? Ich besorg' mir ein Kästchen, um deine Briefe aufzubewahren. Alle werde ich aufbewahren, und kein Mensch wird sie je zu sehen bekommen. Vielleicht einmal meine Enkelkinder, wenn sie so alt sind wie ich.«

Er hatte nichts erwidern können, bedrückt bei dem Gedanken an die schreckliche Möglichkeit, daß Fulvias Enkelkinder nicht auch seine eigenen wären.

»Wie wirst du deinen nächsten Brief beginnen? Dieser fing an mit ›Prächtige Fulvia‹. Bin ich wirklich prächtig?«

»Nein, du bist nicht prächtig.«

»Dann bin ich's gar nicht?«

»Eine wahre Pracht bist du!«

»Du, du«, sagte sie, »du hast eine Art und Weise, Worte vorzubringen, zu reden... Mir war, als hätte ich das Wort Pracht, ausgesprochen, zum erstenmal in meinem Leben gehört.«

»Das ist gar nicht sonderbar. Vor dir hat es eben keine Pracht gegeben.«

»Lügner!« murmelte sie einen Augenblick später, »schau dort, was für eine schöne, wunderbare Sonne!« Sie stand mit einem Ruck auf und lief bis zum Wegrand, der Sonne entgegen.

Jetzt folgte sein gesenkter Blick dieser Wegstrecke, die Fulvia damals gegangen war, doch ehe er dessen Ende erreichte, kehrte er noch einmal an den Ausgangspunkt zurück, zum letzten Kirschbaum in der Reihe. Wie häßlich er geworden war und wie alt. Er schwankte und tropfte vor dem weißlichen Himmel.

Dann riß er sich zusammen und ging etwas schwerfällig zu dem freien Platz vor der kleinen Pergola am Hauseingang. Der Kies war mit vermoderten Blättern vermischt, mit den Blättern der beiden Herbste seit Fulvias Abwesenheit. Beim Lesen saß sie immer dort drüben, genau unter dem mittleren Bogen, in den großen Korbsessel mit den roten Kissen versunken. Sie las *Der grüne Hut, Fräulein Else,*

*Albertine disparue* ... Diese Bücher in Fulvias Händen taten ihm weh. Er verfluchte, er haßte Proust, Schnitzler, Michael Arlen. Später allerdings hatte Fulvia gelernt, ohne diese Bücher auszukommen, anscheinend genügten ihr die Gedichte und Erzählungen, die er laufend für sie übersetzte. Als erstes hatte er ihr seine Übertragung von *Evelyn Hope* gebracht.

»Für mich?« hatte sie gefragt.

»Nur für dich.«

»Warum gerade für mich?«

»Weil ... wehe, wenn du für so was nicht zu haben bist.«

»Wehe mir?«

»Nein, wehe mir selbst.«

»Was ist denn das überhaupt?«

»Beautiful Evelyn Hope is dead / Sit and watch by her side an hour.« Nachher glänzten ihre Augen, doch sie zog es vor, sich in Bewunderung für den Übersetzer zu ergehen. »Hast du das wirklich übersetzt? Dann bist du ja ein wahrer Gott. Und heitere Sachen übersetzt du nie?«

»Nie.«

»Warum nicht?«

»Ich bekomme sie gar nicht zu Gesicht. Ich glaube, sie laufen vor mir fort, die heiteren Sachen.«

Das nächste Mal brachte er ihr eine Erzählung von Poe.

»Wovon handelt sie?«

»Of my love, of my lost love, of my lost love Morella.«

»Ich werde sie heute nacht lesen.«

»Ich hab' zwei Nächte gebraucht, um sie zu übersetzen.«

»Bleibst du nachts auch nicht zu lange auf?«

»Das muß ich ohnehin«, erwiderte er. »Es vergeht ja keine Nacht ohne Alarm, und ich bin beim Luftschutz.«

Sie lachte laut heraus. »Luftschutz! Du bist beim Luftschutz? Das hättest du mir nicht sagen dürfen. Das ist zu komisch. Ein freiwilliger Luftschutzhelfer mit gelbblauer Armbinde!«

»Mit Armbinde schon, aber alles andere als freiwillig! Die Parteileitung hat uns eingezogen, und wenn du bei einem einzigen Alarm fehlst, hast du am nächsten Tag die Polizei auf dem Hals! Auch Giorgio ist beim Luftschutz.« Doch über Giorgio lachte Fulvia nicht, vielleicht, weil sie schon zu viel über ihn gelacht hatte.

Giorgio Clerici war's, der ihn mit ihr bekannt gemacht hatte, nach einem Basketballspiel in der Sporthalle. Sie waren aus den Umkleidekabinen gekommen und begegneten ihr wie einer Perle zwischen Algen unter den letzten hinausströmenden Zuschauern.

»Das ist Fulvia. Sechzehn Jahre. Aus Turin. Evakuiert aus Angst vor den Luftangriffen, die sie aber eigentlich amüsiert haben. Jetzt wohnt sie hier, auf dem Hügel oben, in der Villa, die dem Notar gehört hat... Fulvia hat einen Haufen amerikanischer Platten. Fulvia, der hier ist ein Gott im Englischen.«

Nur ganz am Ende hatte Fulvia Milton angesehen, und ihre Augen sagten, daß er, Milton, alles sein könnte, bloß kein Gott.

Milton preßte die Hände vors Gesicht und versuchte, sich Fulvias Augen wieder in die Vorstellung zurückzurufen. Schließlich nahm er die Hände wieder weg und seufzte, erschöpft von der Anstrengung und von der Furcht, sich nicht mehr an sie erinnern zu können. Warm waren sie und haselnußbraun, mit goldenen Einsprengseln.

Er drehte sich zum Hügelkamm um und sah ein Stück von Ivan, der immer noch dahockte und den langgezogenen, unübersichtlichen Abhang beobachtete.

Er trat unter die kleine Pergola. »Fulvia, Fulvia, Liebste!« Vor ihrer Haustür schien ihm, als sei dies nicht in den Wind gesprochen, zum erstenmal nach so vielen Monaten. »Ich bin immer noch derselbe, Fulvia. So vieles habe ich getan, ich habe einen langen Weg zurückgelegt... Ich bin geflohen, und ich habe andere verfolgt. Ich habe mich so lebendig gefühlt wie noch nie, und ich habe mich schon tot gesehen. Ich habe gelacht, und ich habe geweint. Ich habe einen Menschen getötet, und das mit Leidenschaft. Und unzählige habe ich sterben sehen, leidenschaftslos. Aber ich bin immer noch derselbe.«

Von der Seite hörte er Schritte näherkommen, auf dem Weg, der rings ums Haus führte. Milton riß den amerikanischen Karabiner halbwegs von der Schulter, der Gang war schwerfällig, und doch waren es die Schritte einer Frau.

2

Die Hausmeisterin spähte um die Ecke. »Ein Partisan! Was wünschen Sie? Wen suchen Sie? Aber Sie sind doch...«

»Ja, ich bin's tatsächlich«, sagte Milton, ohne ein Lächeln, zu fassungslos, sie so gealtert zu sehen. Sie war noch gedrungener geworden, ihr Gesicht ganz eingefallen und ihr Haar völlig weiß.

»Der Freund der Signorina«, sagte die Frau und kam hinter der schützenden Ecke hervor. »Einer der Freunde. Fulvia ist fort, sie ist zurück nach Turin.«

»Ich weiß.«

»Vor über einem Jahr ist sie abgereist, damals, als ihr euern Krieg begonnen habt.«

»Ich weiß. Haben Sie wieder etwas von ihr gehört?«

»Von Fulvia?« Sie schüttelte den Kopf. »Sie hat mir zwar versprochen zu schreiben, aber sie hat's nie getan. Doch ich gebe die Hoffnung nicht auf, und eines Tages werde ich schon was bekommen.«

»Diese Frau«, dachte Milton und starrte sie an, »diese alte, unbedeutende Frau wird einen Brief von Fulvia erhalten mit Nachrichten aus ihrem Leben, mit Grüßen und Unterschrift.«

Sie unterschrieb stets: $\frac{Fu \mid l}{vi \mid a}$ , wenigstens bei ihm.

»Es kann auch sein, daß sie geschrieben hat, und der Brief ist verlorengegangen.« Sie schlug die Augen nieder und fuhr fort: »Lieb war sie, Signorina Fulvia, lebhaft, launisch vielleicht, aber sehr lieb.«

»Ja.«

»Und schön, sehr schön.«

Milton antwortete nicht, sondern schob nur die Unterlippe vor. Das war seine Art, Kummer zu trotzen. Fulvias Schönheit hatte ihn immer geschmerzt, mehr als alles andere. Sie sah ihn ein wenig von der Seite an und meinte: »Dabei ist sie jetzt noch nicht mal achtzehn. Damals war sie knapp sechzehn.«

»Ich möchte Sie um einen Gefallen bitten. Lassen Sie mich das Haus noch einmal ansehen.« Seine Stimme brach schroff aus ihm, ohne daß er es wollte, fast rauh. »Sie wissen gar nicht, wie Sie mir damit ... helfen würden.«

»Aber gewiß«, erwiderte sie mit ringenden Händen.

»Lassen Sie mich nur unser Zimmer wiedersehen.« Er hatte vergeblich versucht, seine Stimme weicher klingen zu lassen. »Es dauert nicht länger als zwei Minuten.«

»Aber gewiß.«

Die Frau wollte ihm von innen öffnen, dazu mußte sie um das Haus herumgehen, er solle sich gedulden. »Und dem Sohn des Bauern sage ich, daß er hinausgeht und ein bißchen aufpaßt.«

»Auf der anderen Seite, bitte. Auf dieser Seite hält schon ein Kamerad von mir Wache.«

»Ich dachte, Sie wären allein«, sagte die Frau argwöhnisch.

»Es ist geradeso, als wäre ich's.«

Die Frau verschwand um die Ecke, und Milton trat wieder auf den Vorplatz hinaus. Er klatschte in die Hände, um sich bemerkbar zu machen, und zeigte Ivan die geöffnete Hand. Fünf Minuten, er solle noch fünf Minuten warten. Dann warf er einen flüchtigen Blick zum Himmel, um sich noch ein weiteres, wichtiges Stück Erinnerung an diesen wunderbaren Tag einzuprägen. Auf diesem grauen Meer glitt eine Flotte schwärzlicher Wolken gen Westen und rammte mit dem Bug ein paar weiße Wölkchen, die sofort zerbarsten. Dann kam ein Windstoß, der die Bäume schüttelte, und das Wasser tropfte auf den Kies.

Sein Herz klopfte nun, die Lippen waren auf einmal ausgedörrt. Durch die Tür hörte er die Melodie von *Over the Rainbow* dringen. Diese Schallplatte war sein erstes Geschenk an Fulvia. Nach dem Kauf hatte er drei Tage lang nichts zu rauchen. Seine Mutter war Witwe und gab ihm täglich eine Lira, die setzte er ausschließlich in Zigaretten um. An dem Tag, als er ihr die Platte gebracht hatte, spielten sie sie achtundzwanzigmal. »Gefällt sie dir?« fragte er, verkrampft, und sein Gesicht war vor Angst finster, denn eigentlich hätte er fragen wollen: »Magst du sie gern?«

»Du siehst doch, daß ich sie wieder auflege«, hatte sie entgegnet. Und dann: »Mir gefällt sie wahnsinnig gut. Wenn sie zu Ende ist, hast du das Gefühl, daß wirklich etwas zu Ende ist.« Und, ein paar Wochen später: »Fulvia, hast du eigentlich ein Lieblingslied?«

»Nicht, daß ich wüßte. Es gibt so drei oder vier Lieder.«

»Ist es nicht...?«

»Vielleicht, eigentlich nein! Es ist ganz nett, ich mag's auch wahnsinnig gern, aber außerdem hab' ich noch drei oder vier andere.«

Die Frau kam, unter ihrem Schritt knarrte das Parkett ungewohnt laut, mißgünstig und boshaft. Als ob es ihm ärgerlich wäre, aus der Ruhe gebracht zu werden, fuhr es Milton durch den Sinn. Rasch trat er unter die Pergola und streifte nacheinander die lehmverschmierten Schuhe an der Treppenkante ab. Er hörte, wie die Frau den Lichtschalter anknipste und sich am Türschloß zu schaffen machte. Er hatte die Schuhe noch nicht sauber.

Die Tür war halb geöffnet. »Kommen Sie, kommen Sie rein, wie Sie sind. Rasch!«

»Das Parkett...«

»Ach das Parkett!« erwiderte sie mit einer Art untröstlichen Freundlichkeit. Aber sie ließ ihn gewähren und murrte: »Es hat schon so viel geregnet, und der Bauer sagt, daß es noch mal so viel regnen wird. Mein Lebtag hab' ich noch keinen so regenreichen November gesehen. Wie kriegt ihr Partisanen bloß eure Sachen trocken, wo ihr doch dauernd im Freien seid?«

»Auf der Haut«, antwortete Milton. Er hatte noch nicht gewagt, einen Blick hineinzuwerfen.

»Jetzt reicht's. Kommen Sie. Kommen Sie rein, wie Sie sind.« Die Frau hatte nur eine Birne in der Deckenlampe eingeschaltet. Das Licht fiel matt auf den Tisch mit der Intarsienarbeit, und im Schatten ringsum leuchteten die weißen Schonbezüge der Sessel und des Sofas gespenstisch auf.

»Man könnte meinen, man sei in einer Gruft.«

Er lachte unsinnigerweise, wie jemand, der einen sehr ernsten Gedanken verbergen muß. Er konnte ihr wirklich nicht sagen, daß dies für ihn der strahlendste Platz auf der ganzen Welt war, daß es dort für ihn nur Leben oder Auferstehung gab.

»Ich habe Angst...«, sagte die Frau still.

Er beachtete sie nicht, vielleicht hörte er sie gar nicht, er sah Fulvia in ihrer Lieblingsecke auf dem Sofa versunken, den Kopf leicht nach hinten geneigt, so daß einer ihrer Zöpfe ins Leere hing, glänzend und schwer. Und er sah sich selbst wieder in der entgegengesetzten Ecke sitzen, die langen, hageren Beine weit ausgestreckt, wie er auf sie einredete, stundenlang, und sie so aufmerksam zuhörte, daß sie kaum atmete, den Blick fast stets von ihm abgewandt. Ihre Augen waren bald von Tränen verschleiert. Und wenn sie die Tränen nicht mehr zurückhalten konnte, wandte sie den Kopf mit einem Ruck zur Seite, entzog sich, begehrte auf.

»Schluß jetzt. Sag nichts mehr. Du bringst mich zum Weinen. Deine wunderschönen Worte taugen zu nichts anderem, als mich zum Weinen zu bringen, nur das bringen sie fertig. Du bist schlecht. Du suchst dir solche Themen und sprichst darüber nur, um mich weinen zu sehen. Nein, schlecht bist du nicht. Aber traurig bist du. Schlimmer als traurig, düster bist du. Wenn du wenigstens auch weinen würdest. Du bist traurig und häßlich. Und ich will nicht traurig werden wie du. Ich bin schön, und ich bin fröhlich. Ich war es.«

»Ich fürchte, daß Fulvia nach Kriegsende nie mehr hierherkommt«, sagte die Frau.

»Sie wird wiederkommen.«

»Ich wäre glücklich darüber, aber ich fürchte, es wird nicht so sein. Gleich nach Kriegsende wird ihr Vater die Villa wieder verkaufen. Er hat sie nur für Fulvia gekauft, um sie hier in Sicherheit zu bringen. Er hätte sie längst wieder verkauft, wenn er in dieser Zeit und in dieser Gegend Käufer fände. Nein, ich fürchte, daß wir sie hier auf diesen Hügeln nie wiedersehen. Fulvia wird ans Meer gehen, wie jeden Sommer vor dem Krieg. Sie ist ja ganz versessen aufs Meer, und ich habe sie so oft von Alassio sprechen hören. Waren Sie schon mal in Alassio?«

Er war nie dort gewesen und mißtraute diesem Ort, und im selben Augenblick haßte er ihn, hoffte darauf, der Krieg möge ihn so zurichten, daß Fulvia nie mehr hingehen oder sich auch nur danach sehnen würde.

»Fulvias Familie hat ein Haus in Alassio. Wenn sie trübsinnig war oder alles satt hatte, sprach sie immer vom Meer und von Alassio.«

»Ich sage Ihnen, sie wird wiederkommen.«

Er trat zum Tischchen, das hinten an der Wand neben dem Kamin lehnte, beugte sich etwas vor und zeichnete mit dem Finger die Umrisse von Fulvias Grammophon nach. *Over the Rainbow, Deep Purple, Covering the Waterfront,* die Klaviersonaten von Charlie Khuntz und *Over the Rainbow, Over the Rainbow, Over the Rainbow.*

»Wie oft hat dieses Grammophon gespielt«, sagte die Frau und bewegte eine Hand.

»Allerdings.«

»Hier ist sehr viel getanzt worden, zu viel. Dabei war Tanzen streng verboten, auch im Familienkreis. Wissen Sie noch, wie oft ich reinkommen mußte, um euch zu sagen, ihr solltet leise sein, weil man es draußen den halben Hügel hinunter hörte?«

»Ja, ich weiß.«

»Aber Sie haben nicht getanzt. Oder irre ich mich?«

Nein, er nicht. Er hatte es nie versucht, auch nicht, um es zu lernen. Er schaute den andern zu, Fulvia und ihrem Kavalier, wechselte die Platten, zog immer wieder das Grammophon auf. Er war der Maschinenmeister. Die Bezeichnung stammte von Fulvia. »Aufwachen, Maschinenmeister! Es lebe der Maschinenmeister!« Ihre Stimme war nicht sonderlich angenehm, doch ihr zuliebe hätte er hingenommen, für alle anderen Stimmen der Menschen und der Natur taub zu sein. Besonders häufig tanzte Fulvia mit Giorgio Clerici, sie tanzten manchmal fünf oder sechs Platten lang hintereinander und trennten sich auch in den Pausen kaum. Giorgio war der bestaussehende Junge in Alba und auch der reichste, natürlich der eleganteste. Kein Mädchen aus Alba war

Giorgio Clerici ebenbürtig. Dann war Fulvia aus Turin gekommen, und sie ergaben ein vollkommenes Paar. Er war honigblond und sie mahagonibraun. Fulvia war begeistert von Giorgios Tanzkünsten. *»He dances divinely«,* verkündete sie, und Giorgio sagte von ihr: »Sie ... sie ist unbeschreiblich«, und, zu Milton gewandt: »Nicht einmal du, wortgewaltig wie du bist, könntest zum Ausdruck bringen...« Milton lächelte ihm zu, schweigsam, ruhig, sicher, fast mitleidig. Beim Tanzen redeten sie nie miteinander. Mochte Giorgio nur mit Fulvia tanzen, mochte er das wenige tun, wozu er fähig und bestimmt war. Ein einziges Mal nur war er ärgerlich geworden, damals, als Fulvia vergessen hatte, *Over the Rainbow* aus der Folge der Tanzstücke zu streichen. Er sagte es ihr in einer Tanzpause, sie senkte gleich die Augen und murmelte: »Du hast recht.«

Doch eines Tages, als sie allein waren, zog Fulvia eigenhändig das Grammophon auf und legte *Over the Rainbow* auf die Scheibe. »Komm, tanz mit mir!« »Nein!« hatte er gesagt, vielleicht sogar geschrien. »Du mußt es lernen, unbedingt. Mit mir, für mich. Los!«

»Ich will es nicht lernen ... mit dir!«

Aber sie hatte ihn schon gefaßt und zog ihn auf die freie Fläche und tanzte, indem sie ihn schob.

»Nein!« protestierte er, war aber so verwirrt, daß er nicht einmal den Versuch fertigbrachte, sich loszumachen. »Und schon gar nicht zu diesem Lied!« Doch sie ließ ihn nicht los, und er mußte aufpassen, um nicht zu stolpern und auf sie zu fallen.

»Du mußt«, sagte sie. »Ich will es. Ich will mit dir tanzen, verstehst du? Ich hab's satt, dauernd mit Jungen zu tanzen, die mir nichts bedeuten. Ich halte es nicht mehr aus, nie mit dir zu tanzen.« Doch gerade als Milton nachgab, ließ sie ihn plötzlich los und stieß ihn heftig von sich. »Hau doch ab und krepier in Libyen!« sagte sie und ging zum Sofa zurück. »Ein Nilpferd bist du, ein mageres Nilpferd.«

Aber schon einen Augenblick später fühlte er Fulvias Hand über seine Schulter streichen und ihren Atem auf seinem Nacken. »Du müßtest wirklich mehr auf deine Haltung achten. Du hältst dich zu krumm. Wirklich. Mach die Schultern gerade. Laß sie sehen, verstehst du? Und jetzt setzen wir uns wieder hin, und du unterhältst dich mit mir.«

Er ging zum Bücherschrank, vom matten Schimmern der Scheiben angezogen. Er hatte schon gesehen, daß der Schrank fast leer war und höchstens zehn vergessene, geopferte Bücher enthielt. Er beugte sich über die Regale, richtete sich aber sofort wieder auf, als hätte man ihm einen Fausthieb in die Magengrube versetzt. Er war blaß geworden, es verschlug ihm den Atem. Unter den wenigen zurückgelassenen Büchern hatte er die italienische Ausgabe *Tess of the d'Urbervilles* entdeckt. Er hatte sie Fulvia damals geschenkt und war anschließend vierzehn Tage lang völlig blank gewesen.

»Wer hat denn die Bücher ausgesucht, die mitgenommen wurden oder die hierblieben sollten? War das Fulvia?«

»Ja.«

»War sie es tatsächlich?«

»Aber natürlich«, sagte die Frau, »nur sie interessierte sich für die Bücher. Sie hat sie selbst ausgeräumt und verpackt. Aber am meisten lag ihr doch am Grammophon und an den Platten. Ein paar Bücher hat sie dagelassen, wie Sie sehen, aber keine einzige Platte.«

Im Türrahmen erschien Ivans Kopf. Rund, blaß und fremd wie der Mond.

»Was gibt's?« fragte Milton. »Kommen sie rauf?«

»Nein, aber wir müssen fort. Es ist höchste Zeit.«

»Zwei Minuten noch.«

Mit einer Grimasse und einem Seufzer zog Ivan den Kopf zurück.

»Gönnen auch Sie mir noch die zwei Minuten. Ich werde nie wieder stören, vor Kriegsende komme ich nicht mehr her.«

Die Frau breitete die Arme aus. »Ich bitte Sie. Hauptsache, es wird nicht gefährlich. Ich kann mich noch ganz genau an Sie erinnern. Haben Sie gemerkt, wie ich Sie gleich wiedererkannt habe? Und ich will Ihnen sagen ... damals hab' ich mich immer gefreut, wenn Sie die Signorina besuchten. Über Sie mehr als über alle andern. Über Sie mehr als über Signor Clerici, wenn ich ehrlich sein soll. Signor Clerici hab' ich übrigens nie wieder gesehen. Ist er auch Partisan?«

»Ja, wir sind zusammen. Wir waren bisher immer zusammen, aber ich wurde vor kurzem zu einer anderen Brigade versetzt. Aber warum sagen Sie, daß Sie mich lieber gesehen haben als Giorgio? Als Besuch, meine ich.«

Die Frau zögerte, deutete eine Geste an, wie um das eben Gesagte auszulöschen oder wenigstens abzuschwächen, aber »Sagen Sie, so sagen Sie's doch!« bat Milton, und alle Sehnen seines Körpers spannten sich.

Werden Sie's auch nicht Signor Clerici weitererzählen, wenn Sie ihn sehen?«

»Was denken Sie denn von mir?«

»Signor Clerici«, sagte sie, »hat mir Sorge und Ärger gemacht. Ich sag' Ihnen das, weil ich Sie achte, sie sind ein junger Mann mit einem ernsthaften Gesicht, und ich muß Ihnen sagen, daß ich noch nie einen jungen Mann mit so ernstem Gesicht gesehen habe. Sie verstehen mich doch. Ich galt ja nichts oder hatte nur wenig zu sagen, ich war ja bloß Hausmeisterin in der Villa, aber als Fulvias Mama sie herbrachte, hat sie mich gebeten, hat sie mir ans Herz gelegt ... «

# STEIDL

Düstere Straße 4 · D-37073 Göttingen
Telefax (05 51) 49 60 649

*Literatur*

**John McGahern
In einer solchen Nacht**

*Aus dem Englischen von
Hans-Christian Oeser
96 Seiten, gebunden
DM 20,00/öS 146,–/sFr 20,00
ISBN 3-88243-552-6*

Wachtmeister Harkin ist ein ganzer Kerl: attraktiv, ehrgeizig, ein Held des Gälischen Fußballs. Und die schöne Kate Ruttledge findet in ihm den Mann ihrer Träume. Über ihre Hochzeit spricht die ganze Stadt. Doch als sie zehn Jahre später in Kates Heimatstadt zurückkehren, ist Harkin ein gebrochener Mann. Verzweifelt versucht er, sich selbst zu beweisen, daß er doch noch zu den Siegern gehört: in den Betten anderer Frauen, im erbitterten Kampf mit Kate.
In einer Sprache, die auf lärmende Effekte verzichtet, fängt John McGahern die Sehnsüchte und Enttäuschungen der Protagonisten ein, die knisternde Atmosphäre latenter Gewalt, den Augenblick, in dem alle mit angehaltenem Atem auf die unausweichliche Katastrophe warten.

*Literatur*

**Koos van Zomeren
Das Mädchen im Moor**

*Roman. Aus dem Niederländischen von
Thomas Hauth
144 Seiten, gebunden
DM 28,00/öS 204,–/sFr 28,00
ISBN 3-88243-523-2*

Willem Egge ist Biologielehrer und in seiner Freizeit dem Brutverhalten der Neuntöter auf der Spur. Wie übersteht er den schwülen Sommertag, an dessen Morgen er die Leiche eines Mädchens findet? Er meldet den Fund der Polizei, trifft seinen Bruder, läuft in der Stadt einer früheren Schülerin nach und begegnet am Abend der Frau, von der er sich scheiden lassen wird. In Erinnerungen und Phantasien lotet er dabei so vorsichtig die eigenen Abgründe aus, daß sich dem Leser nach und nach ein furchtbarer Verdacht aufdrängt. Der niederländische Autor Koos van Zomeren gehorcht den kleinen Anlässen der Sprache. Mit einem Minimum an Mitteln erzählt er eine eindringliche und spannende Geschichte, die uns für einen Tag in der Welt eines Mannes gefangenhält, dem wir unweigerlich auf die Schliche zu kommen suchen.

*Literatur*

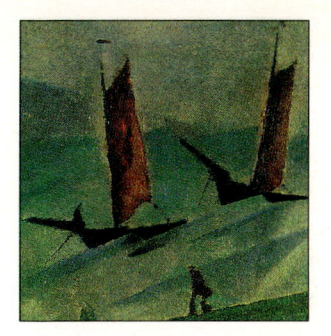

**Eduard von Keyserling
Wellen**

*Roman*
*Bibliothek der Romane Band 2*
*224 Seiten, gebunden*
*DM 20,00/öS 146,–/sFr 20,00*
*ISBN 3-88243-549-6*

»Wellen« ist eine Sommergeschichte, eine einzige Liebeserklärung an die Ostsee. Schauplatz ist ein Badeort, wo eine adlige Großfamilie die Ferien verbringt. Irritation und zugleich Faszination übt auf alle ein ungewöhnliches Paar aus: die wunderschöne Doralice, die ihren Mann, einen Diplomaten, verlassen hat, um hier mit ihrem Geliebten, einem Maler, zusammenzuleben. Empörung bei den Damen der Gesellschaft, Neugier bei ihren Ehemännern. Es sind die Kinder, die das Schema, das die Sünder von den Gerechten trennt, durcheinanderbringen. Schließlich besiegt der Charme dieser verbotenen Liebe auch die verhärtetsten Herzen.

*Literatur*

**Günther Weisenborn
Die Furie**

*Roman*
*Bibliothek der Romane Band 3*
*320 Seiten, gebunden*
*DM 20,00/öS 146,–/sFr 20,00*
*ISBN 3-88243-550-X*

Der Roman liest sich wie eine dramatisch geschilderte Vorwegnahme von Che Guevaras letztem Gefecht im bolivianischen Regenwald. Schauplatz ist die Grenzregion zwischen Bolivien und Paraguay, wo ein rebellischer Comandante indianischer Abstammung die Revolution ausgerufen hat. In diesen Dschungel von Interessen und Gefühlen gerät ein deutscher Arzt. Er entdeckt seine große Liebe ausgerechnet in der Frau eines der mächtigsten Männer, die in diesem blutigen Krieg ihre Fäden aus dem Hinterhalt ziehen. Auf der Flucht vor ihm treffen die zwei Liebenden in der Hölle des Gran Chaco auf den Rebellenführer, der allen Weißen den Tod angesagt hat. Überraschend der Schluß, der dem Leser einiges zumutet.

*Günter Grass*

**Günter Grass
Fundsachen für Nichtleser**

*Gedichte und Aquarelle
240 Seiten, durchgehend farbig gedruckt,
in Leinen gebunden
DM 78,00/öS 569,–/sFr 73,00
ISBN 3-88243-477-3*

»Fundsachen für Nichtleser« ist Grass' bislang persönlichstes Buch. Ein Jahr lang hat er mit federleichtem Pinselstrich in Gedichten und Aquarellen »Fundsachen« aufgezeichnet: Radieschen und Raps, Spargel, Kastanien und Fallobst, Kaninchenspuren im ersten Schnee. Sein Jahrbuch hält Stimmungen fest: den zärtlichen Neid auf das Kopfkissen der Geliebten, das nach Mückenöl riechende Sommerglück. Noch dem gnadenlosen Fortschreiten des Alters gewinnt er ein Lachen ab. Der »glückliche Steinewälzer« betreibt keine inwendige Schau, als dichtender Narziß wirft er einen Stein in den Teich. In der Vielfalt seiner Wasserkreise kommen sie alle vor: seine Geliebten, seine Feinde, seine gewendeten Freunde. Und sein versteinert wirkendes Land, auf das er mit alter Liebe, mit Spott und ausdauernder Skepsis blickt.

*Günter Grass*

**Günter Grass
Ohne die Feder zu wechseln**

*Zeichnungen, Druckgrafiken, Aquarelle, Skulpturen
120 Seiten, gebunden
DM 38,00/öS 277,–/sFr 37,00
ISBN 3-88243-542-9*

Es ist längst bekannt, daß Günter Grass zu den wenigen Doppelbegabungen zählt, die in zwei künstlerischen Bereichen Herausragendes schufen. Dem Autor Grass hat sich von Anfang an der bildende Künstler Grass zur Seite gestellt. Schon dem ersten Gedichtband, »Die Vorzüge der Windhühner«, hat Grass Zeichnungen beigegeben. In seinem bislang letzten Buch – »Fundsachen für Nichtleser« – hat Günter Grass gar eine Form der Integration von Texten und Bildern geschaffen.
»Ohne die Feder zu wechseln« gibt einen Überblick über Grass' bildkünstlerisches Schaffen seit den sechziger Jahren: Zeichnungen, Druckgrafiken, Aquarelle und Skulpturen. Der Kunstwissenschaftler Peter Joch hat dem Bildteil eine ausführliche Einleitung vorangestellt.

*Zeitgeschichte*

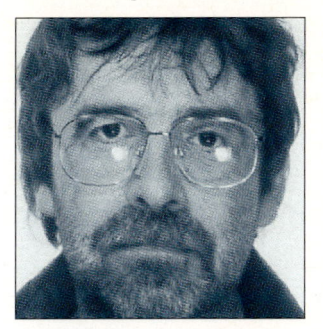

*Fotografie*

**Ulrich Völklein (Hg.)**
**Hitlers Tod**

*Die letzten Tage im Führerbunker*
*Mit zahlreichen Dokumenten und Fotos*
*224 Seiten, gebunden*
*DM 38,00/öS 277,–/sFr 37,00*
*ISBN 3-88243-554-2*

Wie starb Adolf Hitler? Fiel er, wie die amtliche Rundfunkmeldung weiszumachen versuchte – und alte wie junge Nazis auch heute noch glauben möchten –, »bis zum letzten Atemzug gegen den Bolschewismus kämpfend«? Oder durch Gift aus eigener Hand? Durch einen »Gnadenschuß«?
Als erste hatten Offiziere und Kommissare der Roten Armee die Spuren im Führerbunker gesichert und gefangene Zeugen vernommen. Die Ergebnisse dieser minutiösen Untersuchung lagerten bis vor kurzem streng geheim in einem Moskauer Archiv. Ulrich Völklein hat die Dossiers erhalten, ihre Inhalte durch Zeithistoriker und Fachmediziner überprüfen lassen. In diesem Buch werden erstmals sämtliche Dokumente und Untersuchungsergebnisse präsentiert.

**Astrid Proll**
**Hans und Grete**

*Die RAF 1967–1977*
*144 Seiten, 200 Fotos, gebunden*
*DM 29,80/öS 218,–/sFr 29,80*
*ISBN 3-88243-562-3*

»Hans und Grete« zeigt Bilder aus zehn entscheidenden Jahren der deutschen Nachkriegsgeschichte, vom Tod des Studenten Benno Ohnesorg (2.6.1967) bis zur Ermordung des Arbeitgeberpräsidenten Hanns-Martin Schleyer (18.10. 1977). Die Geschichte der RAF ist auch eine der Bilder, die sie inszeniert, beschworen und hinterlassen hat: der Steckbrief Ulrike Meinhofs; das Emblem mit dem roten Stern und der Kalaschnikow; die Gefangennahme von Holger Meins; der Hochsicherheitstrakt in Stuttgart-Stammheim; die Videobänder mit dem entführten Hanns-Martin Schleyer.
Die Nachgeborenen können sich nicht erklären, wie ein Häuflein aufgeregter Intellektueller dem Staat den Krieg erklären konnte, aber dennoch beschäftigt er uns noch heute. Astrid Proll war Mitglied der Baader-Meinhof-Gruppe. Sie arbeitet heute als Bildredakteurin für Zeitungen und Magazine.

*Psychoanalyse*

**Adam Phillips
Terror und Experten**

*Aus dem Englischen von Brigitte Flickinger. 160 Seiten, gebunden
DM 28,00/öS 204,–/sFr 28,00
ISBN 3-88243-555-0*

Der britische Analytiker Adam Phillips legt eine kritische Standortbestimmung der Psychoanalyse vor. Ein Jahrhundert nach Freud beschreibt er die Errichtung einer doktrinären Freud-Kirche, die sich mehr mit sich selbst als mit ihren Patienten befaßt. Phillips plädiert für eine angewandte Psychoanalyse: raus aus der medizinisch-therapeutischen Diagnostik, hinein in das Reich der Interpretationen, der Mutmaßungen. Im einzelnen veranschaulicht Phillips seine Ideen an den klassischen Problemen der Psychotherapie: an Ängsten, Träumen, Symptomen, Geschlechteridentitäten. Phillips wendet sich nicht nur an eine professionelle Leserschaft. Ihm gelingt das Kunststück, eine Diskussion auf höchstem Niveau zu präsentieren und Lesevergnügen zu bereiten. »Dieses Gebräu«, so die Sunday Times, »aus Frohsinn, Mitgefühl, Ausgelassenheit und Idealismus ist berauschend und entwaffnend.«

*Psychoanalyse*

**Christopher Bollas
Vom Werden der Persönlichkeit**

*Psychoanalyse und Selbsterfahrung
Aus dem Englischen von Brigitte Flickinger. 352 Seiten, gebunden
DM 44,00/öS 321,–/sFr 42,00
ISBN 3-88243-529-1*

Ständig verleihen wir Dingen unseres Alltags Sinn: Wir deuten Erlebnisse, Beobachtungen, Gegenstände und Menschen, denen wir begegnen. Wir tun dies unbewußt. In unserer Umgebung befinden wir uns gleichsam in einem Archiv, das unsere innere Stimme bewahrt und widerspiegelt. Dabei können wir dieses Dasein im Museum des eigenen Lebens höchst unterschiedlich empfinden. Wer mit sich im reinen ist, der ruht sprichwörtlich in sich selbst, fühlt sich geborgen und vertraut in »seiner« Welt – wer aber einen Riß in sich spürt, sich selbst nicht kennt oder gar ablehnt, dem wird sein Umfeld zum Teufelskreis, aus dem scheinbar kein Ausweg hinausführt. Bollas zeigt, wie wir durch die unbewußten Prozesse erst zu dem werden, was wir sind. Und wie wir sie nutzen können, um unsere Selbstwahrnehmung und damit unser Leben – zu verändern.

*Psychoanalyse*

**Malcolm Bowie
Zur Theorie des Zukünftigen in
der Psychoanalyse**

*Aus dem Englischen von Klaus
Laermann
192 Seiten, gebunden
DM 38,00/öS 277,–/sFr 37,00
ISBN 3-88243-530-5*

Malcolm Bowie untersucht den
Begriff der Zeitlichkeit des Menschen in der Psychoanalyse. In
Freuds Ausführungen kommt die
Bedeutung des Zukünftigen in unangebrachter Weise zu kurz. Bowie greift deshalb auf das Spätwerk Jacques Lacans zurück, der
ein Modell der Zukünftigkeit entwarf und damit Freuds Überlegungen wesentlich komplexer gestaltet und vervollständigt hat.
Die »Zukunft«, wie Lacan sie beschreibt, ist keine Aufforderung
zur Spekulation, sondern zum Erfindungsreichtum im Rahmen unaufhebbarer Zwänge. Lacans Begriff der »Zukünftigkeit« erteilt
nicht nur der Psychoanalyse eine
Lektion, er kann auch die literatur-
und kunstwissenschaftliche Theorie befreien.

*Psychoanalyse*

**Adam Phillips
Vom Küssen, Kitzeln und
Gelangweiltsein**

Phillips macht uns darauf aufmerksam, wie unerläßlich Langeweile
für Kinder ist und wie unangemessen Erwachsene darauf reagieren,
er liefert uns verstörende Erkenntnisse über das Verliebtsein und darüber, was uns die Hindernisse, die
wir errichten, über unsere geheimsten Wünsche verraten.

**Neville Symington
Narzißmus**

»Ich halte die Frage des Narzißmus
für entscheidend. Ich glaube,
wenn wir etwas von den Prozessen verstehen, die die Probleme in
uns bestimmen, dann sind wir besser in der Lage, zu schöpferischen
Architekten unseres Lebens zu
werden.« (Neville Symington)

**Neville Symington
Emotionales Handeln**

Die Psychoanalyse sollte sich, so
Neville Symington, als eine hochentwickelte weltliche Religion
verstehen, die den Menschen dabei hilft, zu erkennen, warum und
wie sie sich oft dabei im Wege stehen, ein glücklicheres und kreativeres Leben zu führen.

**Malcolm Bowie
Lacan**

»Malcolm Bowies ›Lacan‹ ist keine
Einführung in Lacan und auch
keine systematische Gesamtdarstellung, sondern vor allem eine
herz- und hirnerfrischende Polemik. Gegen Lacan, mit Lacan und
irgendwie auch für Lacan: Und
das ist in der Tat ein Kunststück.«
*Süddeutsche Zeitung*

*Politik*

**Oskar Lafontaine/
Gerhard Schröder (Hg.)
Innovationen für Deutschland**

*192 Seiten, broschiert
DM 25,00/öS 183,–/sFr 25,00
ISBN 3-88243-579-8*

Deutschland zehrt von seiner Substanz. Arbeitslosigkeit und Staatsverschuldung sind auf dem bislang höchsten Stand, Ostdeutschland ist alles andere als eine blühende Landschaft, der Sozialstaat droht zu kollabieren, Universitäten und Forschungseinrichtungen fallen im internationalen Vergleich zurück, die Wirtschaft lebt von den Investitionen von gestern.
Über die Notwendigkeit von tiefgreifenden Veränderungen sind sich alle gesellschaftlichen Kräfte einig. Über das Wie und das Wohin keineswegs. Oskar Lafontaine und Gerhard Schröder haben führende Köpfe aus Politik, Wirtschaft, Gewerkschaften und Wissenschaft gebeten, ihre Positionen zu den Herausforderungen des 21. Jahrhunderts darzulegen.

*Politik*

**Dorothee Beck/Hartmut Meine
Wasserprediger und Weintrinker**

*240 Seiten, gebunden
DM 34,00/öS 248,–/sFr 33,00
ISBN 3-88243-527-5*

Die Zahl der Arbeitslosen, Sozialhilfeempfänger und Obdachlosen steigt. Gleichzeitig gibt es immer mehr Reiche und Superreiche. In Krisenzeiten mahnen die politischen und wirtschaftlichen Eliten Kürzungen zuallererst bei den kleinen Leuten an: Politiker mit fürstlicher Altersversorgung predigen die Absenkung des Rentenniveaus, gutgehende Unternehmen Lohnsenkung und Arbeitsplatzabbau, alte und neue Reiche die Abschaffung der Vermögenssteuer. Dorothee Beck und Hartmut Meine nennen Namen und Zahlen. Wer sind die fünfzig reichsten Familien in Deutschland? Was können sich Arbeitslose und Sozialhilfeempfänger heute noch leisten? Und sie stellen sich die Frage, wie eine Reformperspektive aussehen kann, die wieder mehr Verteilungsgerechtigkeit und sozialen Ausgleich zum Ziel hat.

*Fotografie*

**Bodo von Dewitz/Karin Schuller-Procopovici (Hg.)
Maxime Du Camp:
Die Reise zum Nil**

*1849–1850, Maxime Du Camp und
Gustave Flaubert in Ägypten
228 Seiten, gebunden
DM 56,00/öS 409,–/sFr 53,00
ISBN 3-88243-545-3*

Das Ergebnis der Reise nach Ägypten waren über 200 Salzpapierfotografien der ägyptischen Monumente von Maxime Du Camp, Aufzeichnungen, Tagebücher und Briefe, Reiseerfahrungen, die weitreichende Folgen für das literarische Schaffen Gustave Flauberts bedeuteten, aber auch das Ende der Freundschaft. Erstmals wird dieses Album frühester Ägyptenfotografien in seiner Gesamtheit, ergänzt durch Zitate Flauberts, der Öffentlichkeit vorgestellt.

*Fotografie*

**Dirk Reinartz
Christian Graf von Krockow
Bismarck**

*Vom Verrat der Denkmäler
136 Seiten, gebunden
DM 32,00/öS 234,–/sFr 31,00
ISBN 3-88243-175-X*

Dirk Reinartz hat sie fotografiert, die Bismarckdenkmäler, die vor hundert Jahren überall im Deutschen Reich errichtet wurden. Sie haben im Laufe der Zeit so etwas wie Individualität bekommen: Das eine ist von Giften und Gasen zerfressen, das andere fast vom Gebüsch zugewuchert und das dritte mit den Parolen der achtziger Jahre besprüht. Krockow hat die Problematik der Denkmäler gedeutet und des Nationalismus, den sie verkörpern. Schließlich hat Bismarck den deutschen Nationalstaat mit »Blut und Eisen« geschaffen. Bismarck und die Bismarckdenkmäler: Eine Galerie deutscher Peinlichkeiten also? Weit mehr. Die Denkmäler verraten auch, »wie die Deutschen ihre erste Einigung verarbeitet oder – verdorben haben«.

*Literatur*

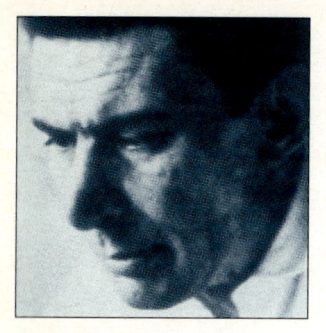

**Beppe Fenoglio
Eine Privatsache**

*Roman. Revidierte Übersetzung aus
dem Italienischen von Heinz Riedt
208 Seiten, gebunden
DM 32,00/öS 234,–/sFr 31,00
ISBN 3-88243-522-4*

Italien 1943: Der Partisanenkampf bringt den jungen Antifaschisten Milton zu einer Villa, in der er sich vor dem Beginn der Kämpfe in die schöne Fulvia verliebt hatte. Er forscht nach ihr und erfährt von Fulvias Liebe zu Giorgio, von dessen Werben um sie, von den gemeinsam verbrachten Stunden. Die Ahnung ist größer als das Wissen. Milton fühlt sich als Betrogener, der nicht weiß, was sich ereignet, der nur noch ein Ziel hat: die Wahrheit.
Giorgio, der Rivale, kämpft im selben Verband wie Milton, doch bevor sie sich aussprechen können, wird Giorgio gefangengenommen. Milton, der ihn gegen einen gefangenen Faschisten austauschen will, führt einen spannenden, aber aussichtslosen Kampf.

*Literatur*

**Hans Henny Jahnn
Das Holzschiff**

*Roman
Bibliothek der Romane Band 1
208 Seiten, gebunden
DM 20,00/öS 146,–/sFr 20,00
ISBN 3-88243-551-8*

»Wie wenn es aus dem Nebel gekommen wäre, so wurde das schöne Schiff plötzlich sichtbar.« Das ist der erste Satz einer der geheimnisvollsten Kriminalgeschichten der Weltliteratur. Am Schluß treibt die Besatzung in Rettungsbooten auf dem Meer. Der Untergang des Schiffes ist selbstverschuldet: Auf der Suche nach der einzigen Frau an Bord, der spurlos verschwundenen Kapitäns-Tochter, haben die Männer das Wunderwerk britischer Schiffsbaukunst versenkt. Im Ozean versinkt auch die Ladung, versiegelte Kisten, deren Inhalt die Matrosen zu den wildesten Spekulationen veranlaßt hatte.

*Literatur*

**Jürgen Alberts
Hitler in Hollywood**

*Roman
544 Seiten, gebunden
DM 44,00/öS 321,–/sFr 42,00
ISBN 3-88243-540-2*

Bert Brecht und Thomas Mann, Erich Mühsam und Oskar Maria Graf, ein erfolgloser Schriftsteller und eine Verlagslektorin sind die Hauptfiguren in Jürgen Alberts' mitreißendem Dokumentarroman, der vor den Kulissen der Münchner Räterepublik, der Filmszene im Amerika der vierziger Jahre und der Verlagswelt von heute spielt. In rasanter Abmischung von hervorragend recherchierter Zeitgeschichte, die erfunden scheint, und Erfindungen, die lebensechter nicht sein könnten, fängt Alberts die revolutionäre Biergartenatmosphäre genauso ein wie die Eigentümlichkeiten in der deutschen Exilantenszene, in der das FBI Jagd auf Kommunisten macht. Die »Weltrauschgiftzentrale«, wie Brecht Hollywood nannte, ist ein Ort, an dem für Geld alles möglich ist. Auch die Verfilmung von »Mein Kampf«.

*Literatur*

**Massimo Bontempelli
Sohn zweier Mütter**

*Roman. Aus dem Italienischen von
Erika Cristiani
192 Seiten, gebunden
DM 32,00/öS 234,–/sFr 31,00
ISBN 3-88243-553-4*

Die Begebenheiten um den »Sohn zweier Mütter« nehmen ihren Anfang in der behüteten Atmosphäre einer ganz normalen Familie der bürgerlichen Gesellschaft Roms im Jahr 1900. Sehr schnell jedoch wird der geordnete Alltag durch einen unvorhergesehenen Zwischenfall gestört: Mario, der Sohn der Parigis, ist davon überzeugt, daß seine wahre Mutter Luciana Stirner ist, deren Ramiro am gleichen Tag starb, an dem Mario zur Welt kam. Der Roman ist die Geschichte einer Wiedergeburt, zugleich anrührend und komisch, voller Wunder und doch von selbstverständlicher Glaubwürdigkeit. Er zeigt zwei Mütter, Rivalinnen um den Knaben, Konkurrentinnen vor Gericht und doch fast befreundet, denn die Liebe zum gemeinsamen Sohn zwingt sie zueinander.

*Literatur*

### Günter Grass: Werkausgabe

*Hrsg. von Volker Neuhaus und Daniela Hermes*
*16 Bände und 22 CDs in Traggriff-Box,*
*alle Bände fadengeheftet, in Leinen gebunden*
*DM 398,00/öS 2 905,–/sFr 359,00*
*ISBN 3-88243-478-3*

Diese Werkausgabe in wertvoller Ausstattung umfaßt neben den epischen Werken von Günter Grass die Lyrik, das dramatische Œuvre und die Essays und Reden, die erstmals in diesem Umfang vorliegen. Ein Personenregister erschließt die nichtfiktionalen Texte. Alle 7 600 Seiten der Werkausgabe wurden mit den Erstausgaben verglichen und in Abstimmung mit dem Autor kritisch durchgesehen. 1990 hat Günter Grass an zwölf Abenden die »Blechtrommel« gelesen. Die vollständige Aufnahme ist der Box beigegeben.

Wenn Sie uns schreiben, schicken wir Ihnen gern regelmäßig kostenlose Informationen über unser Verlagsprogramm.

## STEIDL

Düstere Straße 4 · D-37073 Göttingen
Telefax (05 51) 49 60 649

»Ein bißchen die Gouvernante zu spielen«, half Milton ihr weiter.

»Ja, wenn das Wort nicht zu stark ist. Ich sollte ein bißchen aufpassen, was um das Mädchen herum passierte. Sie verstehen mich schon. Bei Ihnen war ich ruhig, ganz ruhig. Sie haben immer nur gesprochen, stundenlang. Oder richtiger, Sie haben geredet, und Fulvia hat zugehört. Nicht wahr?«

»Doch, das ist wahr.«

»Bei Giorgio Clerici aber...«

»Ja?« fragte er mit trockener Zunge.

»Zuletzt, im letzten Sommer, meine ich, im Sommer dreiundvierzig waren Sie doch Soldat, wenn ich mich recht erinnere.«

»Ja.«

»Zuletzt kam er allzu oft und fast immer nachts. Ehrlich gesagt war mir diese Uhrzeit gar nicht recht. Er kam jedesmal mit dem Taxi. Wissen Sie noch, das immer vor dem Bürgermeisteramt stand? Das schöne schwarze Auto, das später den komischen Holzvergaser bekam?«

»Ja.«

Die Frau schüttelte den Kopf. »Die beiden hab' ich nie reden hören. Ich lauschte, ich schäme mich nicht, es zu sagen, ich lauschte aus Pflichtgefühl. Aber da blieb es immer still, als ob sie überhaupt nicht drinnen gewesen wären. Und ich war überhaupt nicht ruhig. Aber sagen Sie das bitte Ihrem Freund nicht weiter. Es wurde spät, mit jedem Mal später. Wenn sie bloß immer hier draußen unter den Kirschbäumen geblieben wären, hätte ich mir nicht so viel Gedanken gemacht. Aber dann fingen sie mit den Spaziergängen an. Sie gingen zum Gipfel des Hügels.«

»Welche Richtung nahmen sie denn?«

»Wie? Ja, eigentlich überallhin, meistens aber gegen den Fluß zu. Wissen Sie, da, wo der Hügel sich zum Fluß hinunterzieht.«

»Schon gut.«

»Ich blieb natürlich auf und wartete auf sie, aber sie kamen jedesmal später nach Hause.«

»Wieviel Uhr war es denn?«

»Manchmal sogar Mitternacht. Ich hätte Fulvia etwas sagen sollen.«

Milton schüttelte heftig den Kopf.

»Doch, das hätte ich«, sagte die Frau, »aber ich fand nie den Mut dazu. Sie hat mich eingeschüchtert, auch wenn sie dem Alter nach meine Tochter hätte sein können. Bis sie dann eines Abends, nein, nachts, allein nach Hause kam. Ich hab' nie herausgekriegt, warum Giorgio sie nicht nach Haus gebracht hat. Es war schon sehr spät, nach Mitternacht. Auf dem Hügel zirpte keine Grille mehr, das weiß ich noch.«

»Milton!« rief Ivan von draußen.

Er drehte sich nicht einmal um, hatte nur ein Zucken über den Wangen. »Und dann?«

»Was, und dann?« fragte die Frau.

»Was war mit Fulvia und ... ihm?«

»Giorgio ließ sich nicht mehr in der Villa blicken. Aber sie trafen sich heimlich. Er wartete etwa fünfzig Meter weiter unten auf sie, an die Hecke gedrückt, damit man ihn nicht sehen sollte. Aber ich hab' aufgepaßt und hab' ihn doch gesehen, die blonden Haare haben ihn verraten. In jenen Nächten schien der Mond, als ob er bersten wollte.«

»Und wie lange hat das gedauert?«

»Ach, bis Anfang September im vorigen Jahr. Dann kam das Durcheinander mit dem Waffenstillstand und den Deutschen. Und dann wurde Fulvia von ihrem Vater abgeholt.

Und ich war froh, obwohl ich sie so ins Herz geschlossen hatte. Ich saß wie auf glühenden Kohlen. Ich sage ja nicht, daß sie was Schlechtes getan haben...«

Da stand er und zitterte wie Espenlaub in seiner durchnäßten khakifarbenen Uniform, der Karabiner tanzte auf seiner Schulter, sein Gesicht war grau, der Mund halb offen und die Zunge dick und ausgedörrt. Er täuschte einen Hustenanfall vor, um Zeit zu gewinnen und seine Stimme wiederzufinden.

»Sagen Sie mir genau, wann Fulvia abgereist ist.«

»Am zwölften September. Ihr Vater hatte eingesehen, daß es hier auf dem Lande viel gefährlicher werden konnte als in der Großstadt.«

»Am zwölften September«, echote Milton. Und er, wo war er am zwölften September 1943 gewesen? Nur unter größter Anstrengung konnte er sich erinnern. In Livorno, in der Bahnhofstoilette eingesperrt, seit drei Tagen mit leerem Magen, jämmerlich ausstaffiert mit geliehener Kleidung. Halb ohnmächtig vom Hungern und vom Latrinengestank war er auf den Gang hinausgetreten und auf einen Lokomotivführer gestoßen, der sich gerade die Hose zuknöpfte. »Woher kommst du, Soldat?« flüsterte er. »Rom.« – »Und wo bist du zu Hause?« – »Piemont.« – »Turin?« – »Umgebung.« – »Gut, ich kann dich bis Genua mitnehmen. In einer halben Stunde fahren wir, aber ich will dich lieber gleich im Tender verstecken. Ist dir doch egal, ob du nachher wie ein Kaminkehrer aussiehst?«

»Milton!« rief Ivan wieder, wenn auch nicht mehr so drängend wie vorhin. Und dennoch fuhr die Frau vor Angst zusammen.

»Wissen Sie, es ist wirklich besser, wenn Sie jetzt gehen. Ich bekomm's sonst auch mit der Angst.«

Mechanisch drehte Milton sich um und ging auf die Tür zu. Er konnte jetzt nichts sagen, doch er wußte, daß er sich anständig von der Frau verabschieden mußte. Er schloß die Augen und sagte: »Sie waren sehr freundlich. Und mutig. Danke für alles.«

»Nichts zu danken. Ich habe mich gefreut, Sie hier wiederzusehen, wenn auch mit lauter Waffen behängt.«

Milton warf noch einen letzten Blick auf Fulvias Zimmer. Er war gekommen, um hier Klarheit und Kraft zu finden, und er ging leer und zerstört wieder fort.

»Nochmals vielen Dank. Für alles. Und schließen Sie gleich wieder ab.«

»Es ist sehr gefährlich für euch, nicht wahr?« fragte die Frau noch.

»Nein, es geht«, erwiderte er und rückte den Karabiner zurecht. »Bis jetzt haben wir Glück gehabt. Viel Glück.«

»Hoffentlich bleibt das so bis zum Ende. Und ... es ist doch sicher, daß ihr eines Tages siegen werdet?«

»Das ist sicher«, antwortete er blaß und rannte über den Weg mit den Kirschbäumen an Ivan vorbei.

3

Gegen sechs Uhr kehrten sie nach Treiso zurück. Die Linien der Straße verschwammen unter ihren Füßen, und die letzte Helligkeit schien in einigen grauen Nebelmassen zusammenzulaufen, die der Regen an den Hängen festhielt.

Immerhin erkannte der Wachposten sie schon von weitem, rief sie beim Namen und huschte ihnen unter dem Schlagbaum der Sperre hindurch entgegen. Es war ein kleiner Junge namens Gilera, noch nicht einmal fünfzehn, dick und stämmig, kaum größer als sein Gewehr.

Sie waren wieder da. Es schlug sechs vom Glockenturm, für Milton klang es diesmal anders als sonst. Sie waren wieder da. In der maßlosen Feuchtigkeit stanken die Ställe des Dorfes wie noch nie, und auf der Straße lösten sich die Kuhfladen in gelbliche Rinnsale auf. Sie waren wieder da. Milton war Ivan um etwa dreißig Schritte voraus, und immer noch lief er mit weitausholenden, schnellen Schritten, während Ivan vor Erschöpfung torkelte.

»Milton«, fragte Gilera, »was habt ihr denn Interessantes in Alba gesehen?« Er ging ohne eine Antwort an ihm vorbei und lief zur Volksschule mitten im Dorf, wo Leo sein mußte, der Brigadekommandeur.

»Gilera«, keuchte Ivan, »weißt du, was es zum Abendessen gibt?«

»Ich hab' mich schon erkundigt, Fleisch gibt's und eine Handvoll Haselnüsse. Das Brot ist von gestern.«

Ivan überquerte die Straße und ließ sich auf den Klotz fallen, der am Häuschen mit der Dorfwaage stand. Er lehnte den Kopf gegen die Wand und bewegte ihn hin und her. Der Verputz bröckelte ab und bestäubte seine Haare.

»Was hast du denn, Ivan, warum keuchst du so?«

»Milton ist schuld«, erwiderte Ivan. »Milton ist ein Straßenmörder. Wir sind im Hundertkilometertempo zurückmarschiert.«

Der Junge fragte aufgeregt. »Waren sie hinter euch her?«

»Ach was! Wenn sie hinter uns hergewesen wären, dann wären wir nicht so ausgepumpt, das kann ich dir sagen!«

»Aber warum dann?«

»Laß mich in Ruhe!« gab Ivan mürrisch zurück.

Er hätte diese überstürzte Rückkehr nicht erklären können, ohne von Miltons sonderbarem, verrücktem Benehmen zu berichten. Wenn er Gilera davon erzählte, würde es die Runde durch die ganze Brigade machen und unweigerlich auch Milton zu Ohren kommen, der sich ihn, Ivan, natürlich vorknöpfen würde. Ivan achtete und fürchtete zwar nur sehr wenige Studenten, aber Milton war einer dieser wenigen.

»Was hast du gesagt?« fragte Gilera ungläubig.

»Daß du mich in Ruhe lassen sollst.«

Gilera kehrte beleidigt zum Schlagbaum zurück, und Ivan zündete sich eine englische Zigarette an. Er war auf einen fürchterlichen Hustenanfall gefaßt, doch der erste Zug ging ihm glatt hinunter. »Verdammte Faschisten!« fluchte er in Gedanken. »Was ist bloß in ihn gefahren? Wie ein geölter Blitz kam er aus der Villa geschossen, und wie ein geölter Blitz ist er den ganzen Rückweg gesaust. Und ich hinterher, daß es mir fast die Milz zerrissen hätte, dabei wußte ich überhaupt nicht warum, und ihn im Stich lassen konnte ich auch nicht, trotzdem hätte ich ihn laufen lassen und allein zurückkommen sollen, ohne mir die Milz zu ruinieren!«

An den Schlagbaum gelehnt, sah Gilera ihn von der Seite an und stampfte mit dem Fuß auf.

Ivan wandte den Kopf auf die andere Seite. »Was ist bloß in ihn gefahren? Ich glaube, er ist wahnsinnig geworden, oder mindestens beinahe. Dabei war der Junge immer schwer in Ordnung, sogar kaltblütig. Das kann ich bezeugen. Nie hat er die Nerven verloren, auch nicht, als sogar Leo den Kopf verlor. Ein fabelhafter Kerl. Aber er ist Student, und die Studenten sind alle ein bißchen übergeschnappt. Da haben wir einfachen Leute unsere fünf Sinne doch besser beisammen.«

Ein Windstoß fegte vorbei, und vereinzelt fielen dicke Tropfen.

»Jetzt regnet es schon wieder«, sagte Ivan laut.

Gilera gab keine Antwort.

»Ich komme mir vor wie ein Pilz«, fuhr Ivan fort. »Ehrenwort, ich merke schon, wie sich Schimmel an mir festsetzt.«

Gilera zuckte die Achseln und sah den Abhang hinunter. In diesem Augenblick hörte es auf zu tropfen.

Ivan hing wieder seinen Gedanken nach und rauchte hastig die Zigarette zu Ende, ehe sie ihm zwischen den Fingern vermoderte. »Ich weiß nicht, was in ihn gefahren ist, was er in diesem Haus von reichen Leuten gesehen oder gehört hat. Wer weiß, was die Alte ihm erzählt hat.« Er warf die Kippe weg, dann kratzte er sich heftig und hemmungslos am Kopf hinter den Ohren. »Diese verdammte Alte! Was mag sie ihm bloß erzählt haben? Das hätte sie nicht tun sollen, ausgerechnet jetzt, wo wir so viel durchmachen. Wer weiß, was sie ihm gesagt hat! Man könnte fast glauben, daß es sich um ein Mädchen dreht«, er lachte ungläubig und verächtlich vor sich hin. »Ist ja auch gerade die passende Zeit und der passenden Ort, wegen einem Mädchen den Kopf zu verlieren! Ein ernsthafter Partisan wie Milton! Die Mädchen! Heutzutage! Zum Lachen! Widerlich sind sie und können einem leid tun! Aber bestimmt hängt es irgendwie mit seinem früheren Leben zusammen, dabei bekommt es einem eher schlecht, wenn man auf solche Sachen zurückkommt. Bei dem Leben und dem Handwerk, das wir betreiben, kommt man da mir nichts, dir nichts in eine Krise. Die Dinge von früher sind für später, für nach dem Krieg!«

»Der Wind!« sagte Gilera ruhig, er schmollte schon nicht mehr.

»Ja«, erwiderte Ivan, in seiner Stimme schwang fast etwas Dankbarkeit, er kauerte sich auf seinem Klotz zusammen, die Arme verschränkt, die Hände auf den Schultern.

Der Wind zog von Alba herüber. Er blies steif und in breiter Front flach über den Boden.

»Da war aber noch die andere, schlimmere Geschichte«, dachte Ivan, »die verminte Brücke von San Rocco.« Wäre Milton nicht um ein Haar darauf gerannt, durcheinander, wie er war? Daß die Brücke vermint war, wußten doch sogar die Pflanzen und die Steine. Kurz vor dem Dorf war Ivan etwa hundert Meter hinter Milton zurückgeblieben und hatte ihn nach der Böschung aus den Augen verloren. Der angsterfüllte Gedanke an die Brücke war Ivan blitzartig gekommen, und da war er, obwohl es ihm die Milz fast zerrissen hätte, mit einem Anlauf die Böschung hinaufgestürmt und hatte gerade noch rechtzeitig gesehen, wie Milton mit dem unaufhaltsamen, blinden Schritt eines Roboters zur Brücke hinunterging. Er war nur noch zwanzig Meter vom Brückendamm entfernt. Ivan rief Milton beim Namen, aber der drehte sich nicht um. Dann ließ ihn die Angst nur noch unartikulierte Schreie ausstoßen, die durch seine weit um den Mund gelegten Hände verstärkt wurden, so daß man ihn gewiß bis zum gegenüberliegenden Hügel hören konnte. Milton blieb mit einem Ruck stehen, als hätte ihn eine Kugel im Rücken getroffen. Er drehte sich langsam um. Ivan stand hochaufgerichtet auf der Böschung, zeigte mit dem Finger zwei- oder dreimal auf die kleine Brücke und wedelte dann mit einer Hand vor seiner Stirn. Die Brücke ist vermint, war er den wahnsinnig? Endlich nickte Milton, stieg unterhalb der Brücke weiter hinab und überquerte den Wildbach auf einer Reihe von Steinblöcken. Und dann, hatte er etwa aus Dankbarkeit auf ihn gewartet? Gleich nachdem er den Bach überquert hatte, raste er weiter, und Ivan hätte nicht übel Lust gehabt, ihm einen Feuerstoß aus der *Sten* hinterherzujagen.

Ivan erhob sich von seinem Klotz, legte die Hände an den Hosenboden und merkte, daß die Hose nicht nur abgebürstet, sondern ausgewrungen werden müßte. Er horchte zur Dorfmitte und fragte dann: »Warum ist es so totenstill? Gilera, wo sind die andern alle?«

»Fast alle sind zum Fluß hinunter«, antwortete der Junge von neuem mürrisch. »Sie sagen, er ist so gestiegen, daß man sich das ansehen muß.«

»Das ist übertrieben«, sagte Ivan. »Milton und ich haben ihn vor zwei Stunden in Alba gesehen. Er ist zwar hoch, aber noch nichts Besonderes.«

»Hier ist er schmaler, darum sieht's wahrscheinlich noch mehr nach Hochwasser aus.«

»Damit wir uns recht verstehen«, sagte Ivan. »Ich habe durchaus nichts gegen Hochwasser. Soll er doch über die Ufer treten! Dann haben wir wenigstens von dieser Seite Ruhe!«

Man hörte eilige Schritte, die sich näherten und gleich danach verhielten, oben auf der kleinen Böschung erschien Milton. Ein Windstoß traf ihn mit voller Wucht, ohne seine durchnäßte Uniform zu bewegen. Er fragte nach Leo, auf der Kommandantur hatte er ihn nicht gefunden.

»Den ganzen Nachmittag ist er dagewesen«, antwortete Gilera. »Aber was weiß denn ich? Wahrscheinlich ist er zum Arzt in die Wohnung gegangen, um Radio London zu hören. Ja, versuch's doch mal beim Arzt!«

Unterwegs rechnete Milton sich Stunde und Dauer der Sendung aus und kam zu dem Schluß, daß Leo die Wohnung des Arztes schon wieder verlassen haben mußte; also begab er sich schnurstracks wieder zur Kommandantur.

Tatsächlich war Leo eben zurückgekommen, hatte die Karbidlampe angezündet und regulierte den Brenner.

Er stand hinter dem Katheder, dem einzigen Möbelstück, das an seinem Platz geblieben war, die Bänke hatte man in den Ecken aufeinandergestapelt.

Milton überschritt kaum die Schwelle und hielt sich am Rand des Lichtscheins.

Leo, du mußt mir für morgen Urlaub geben. Einen halben Tag Urlaub.«

»Wohin mußt du denn?«

»Bloß mal eben nach Mango.«

Leo schraubte das Licht heller. Jetzt ragten ihre beiden Schatten bis zur Taille an die Decke.

»Sag mal, hat dich am Ende das Heimweh nach deiner alten Brigade gepackt? Du wirst doch nicht auf die Idee gekommen sein, mich mit dieser Mannschaft von Minderjährigen allein zu lassen?«

»Keine Angst, Leo. Ich sagte dir ja schon, daß ich dir Brief und Siegel drauf geben würde, daß ich bei dir bleibe, bis dieser Krieg vorbei ist. Das bescheinige ich dir. Ich will nur auf einen Sprung nach Mango, um mit einem zu reden.«

»Kenn' ich ihn?«

»Es ist Giorgio. Giorgio Clerici.«

»Ach so. Ihr seid sehr gute Freunde, du und Giorgio.«

»Wir waren sozusagen von Geburt an zusammen«, stieß Milton zwischen den Zähnen hervor. »Also, läßt du mich gehen? Zu Mittag bin ich wieder hier.«

»Du kannst ruhig erst abends kommen. Morgen lassen sie uns in unserer eigenen Langeweile schmoren. Ich denke, das wird jetzt noch eine Weile so weitergehen. Wenn sie angreifen, tun sie das auf der Seite der Roten. Einmal sind sie dran, einmal wir. Das letzte Mal haben wir die Prügel abgekriegt.«

»Morgen mittag bin ich wieder zurück«, beharrte Milton, als sei er in seiner Ehre gekränkt, und schickte sich zum Gehen an.

»Moment mal. Was gibt's Neues in Alba? Nichts?«

»Eigentlich hab' ich nichts gesehen«, antwortete Milton, ohne noch einmal näherzutreten. »Alles in allem hab' ich eine einzige Patrouille auf der Ringstraße gesehen.«

»Wo genau?«

»In der Höhe des bischöflichen Parks.«

»Aha.« Leos Augen leuchteten vor der Acetylenflamme weiß auf. »Aha. Und wohin gingen sie? Zum Neuen Platz oder zum Elektrizitätswerk?«

»Zum Elektrizitätswerk.«

»Aha«, sagte Leo bitter. »Das ist nicht kleinlich von mir, Milton, sondern purer Masochismus. Ich bin ganz verliebt in Alba. Ich muß dauernd an die Stadt denken; sie ist der Schwerpunkt meiner Brigade ... ja, wenn du nichts dagegen hast, ich bin restlos verliebt in deine Stadt, und, verdammt noch mal, ich muß wissen, wo, wann und wie man sie fertigmacht. Aber was ist denn mit dir? Neuralgie?«

»Ach was, Neuralgie!« fuhr Milton wieder verstört auf. Sein Gesicht hatte sich abermals zu einer schmerzlichen Grimasse verzogen.

»Ein Gesicht hast du gemacht! Viele von uns haben jetzt unter Zahnweh zu leiden. Das kommt von dieser schrecklichen Feuchtigkeit. Was hast du sonst noch gesehen? Hast du einen Blick auf den neuen Bunker von Porta Cherasca geworfen?«

Und Milton dachte: »Das halte ich nicht mehr aus! Wenn er mir noch mehr Fragen stellt, dann... dann...! Und dabei ist es Leo! Leo! Wenn ich erst an die andern denke! Mir ist alles auf einmal restlos egal. Alles: der Krieg, die Freiheit, die Kameraden, der Feind. Nur das eine nicht!«

»Der Bunker, Milton!«

»Ich hab' ihn gesehen«, keuchte er.

»Dann berichte mir davon!«

»Er scheint mir sehr geschickt angelegt. Er beherrscht nicht nur die Landstraße, sondern kann auch das offene Feld zum Fluß hin unter Feuer nehmen. Du kannst es dir sicher vorstellen, in Richtung auf das Sägewerk und den Tennisplatz.«

Dort hatten Fulvia und Giorgio zusammen Tennis gespielt, immer im Einzel. Weiß wie Engel hoben sie sich von der roten Fläche ab, die Giorgio vor ihrem Spiel stets mit besonderer Sorgfalt walzen und sprengen ließ. Er, Milton, saß unterdessen auf der Bank und vergaß und verwechselte die Punktzahl, obwohl Fulvia ihm befohlen hatte, sie sich zu merken. Er saß unbequem, wechselte ununterbrochen die Stellung seiner langen Beine, hielt die Fäuste in den Hosentaschen geballt, um die Hose zu halten und um die flachen Schenkel zu verbergen, ohne Geld, um sich ein Getränk zu leisten und sich schlürfend Haltung zu geben, nur noch eine einzige Zigarette, die bis zur Qual aufgespart werden mußte, in der Tasche ein Zettel mit der Übertragung eines Gedichts von Yeats: »*When you are old and grey and full of sleep*...«

»Ist dir nicht gut?« fragte Leo mit seiner jammernden Geduld, die einem auf die Nerven gehen konnte. »Ich hab' dich gefragt, ob du jemals Tennis gespielt hast.«

»Nein, nein«, antwortete er hastig. »Zu teuer. Ich hatte das Gefühl, daß es mir Spaß machen würde, aber es war eben zu teuer. Allein der Schläger kostete ein Vermögen. So hab' ich mich auf Basketball verlegt.«

»Ein herrlicher Sport«, meinte Leo. »Ganz angelsächsisch. Milton, ist dir damals nie der Gedanke gekommen, daß ein Basketballspieler unmöglich Faschist sein kann?«

»Ja, stimmt. Jetzt, wo du mich drauf bringst.«

»Und du, warst du ein guter Basketballspieler?«

»Na ... es geht.«

Diesmal war Leo zufrieden. Milton ging wieder zur Tür und sagte noch einmal, er sei mittags wieder zurück.

»Du brauchst erst abends zu kommen«, erwiderte Leo. »Ach so, vielleicht interessiert es dich, daß ich heute dreißig Jahre geworden bin.«

»Das ist ein Rekord.«

»Du meinst wohl, daß ich ein schändlich hohes Alter erreicht habe, wenn ich morgen krepiere.«

»Es ist wirklich ein Rekord. Deshalb wünsche ich dir auch nichts, sondern gratuliere nur.«

Draußen war der Wind abgeflaut. Die Bäume ächzten und tropften nicht mehr, das Laub raschelte nur noch wenig, es klang wie eine unerträglich traurige Musik...

*»Somewhere over the rainbow skies are blue, / And the dreams that you dare to dream really do come true.«*

Am Dorfrand kläffte ein Hund, doch nur kurz und verängstigt. Ganz plötzlich wurde es dunkel, nur über den Kuppen blieb noch ein Streifen silbrigen Lichts, nicht wie ein Rand des Himmels, sondern wie ein Ausströmen der Hügel selbst.

Milton wandte sich den Höhen zu, die zwischen Treiso und Mango lagen, der Weg, den er morgen vorhatte. Sein Blick wurde von einem großen, einsamen Baum angezogen mit einer Krone, die gleichsam rücklings eingeprägt war in den Silberstreifen, der nun rasch oxidierte. »Wenn es wahr ist, dann ist die Einsamkeit dieses Baumes ein Scherzgedicht, verglichen mit meiner Einsamkeit.« Dann wandte er sich mit unfehlbarem Instinkt nach Nordwesten, in Richtung Turin, und sagte hörbar: »Sie mich an, Fulvia, wie schlecht es mir geht. Sag mir, daß es nicht wahr ist. Es darf nicht wahr sein.«

Morgen würde er um jeden Preis Gewißheit haben. Hätte Leo ihn nicht beurlaubt, dann hätte er sich eigenmächtig Urlaub genommen, wäre gleichermaßen fortgeschlichen, hätte unterwegs alle Wachposten umgangen und verflucht. Hauptsache, daß er es bis morgen aushielt. Dazwischen lag die längste Nacht seines Lebens. Morgen würde er Gewißheit haben. Er konnte nicht länger leben, ohne diese Gewißheit, vor allem konnte er ohne diese Gewißheit nicht sterben, in einer Zeit, wo junge Leute wie er eher zum Sterben als zum Leben berufen waren. Um dieser Gewißheit willen würde er auf alles verzichten, und hätte er die Wahl gehabt, zwischen dieser Gewißheit und der Einsicht in die Geheimnisse der Schöpfung, so hätte er sich für die Gewißheit entschieden.

»Wenn es wahr ist...« Diese Vorstellung war so grauenhaft, daß er die Hände vors Gesicht schlug, und zwar so heftig, als wolle er sich gleichsam blind machen. Dann spreizte er die Finger, und zwischen ihnen sah er die Schwärze der tiefen Nacht.

Alle seine Kameraden waren wieder vom Fluß heraufgestiegen. Sie waren ungewöhnlich ruhig heute abend, es war fast, als läge einer von ihnen aufgebahrt im Kirchenschiff und sie würden auf das Begräbnis warten. Aus ihren Unterkünften hörte man ein Summen von Stimmen, nicht lauter, als es aus den Bauernhäusern drang. Der einzige, der die Stimme hob, war der Koch.

Seine Kameraden, diese Jungen, die genauso entschieden hatten wir er, die Partisanen geworden waren wie er, die denselben Anlaß hatten zum Lachen und Weinen... Er schüttelte den Kopf. Heute stand er nicht mehr zur Verfügung, ganz unverhofft, für einen halben Tag oder eine Woche oder einen Monat, so lange, bis er Gewißheit hatte. Danach konnte er vielleicht wieder etwas für seine Kameraden tun, gegen die Faschisten und für die Freiheit.

Die Schwierigkeit war, er mußte bis morgen aushalten. heute abend aß er nichts mehr. Er wollte versuchen, gleich zu schlafen, und wenn er sich den Schlaf irgendwie erzwingen mußte. Gelang ihm das nicht, würde er die ganze Nacht im Dorf hin und her gehen, von einem Wachposten zum andern gehen, ununterbrochen, sollten sie glauben, daß ein Angriff bevorstünde und ihn mit Fragen überschütten, die ihm auf die Nerven gingen. Ganz gleich, ob er schlafen konnte oder fieberhaft wach sein würde, über dem Aufbruch nach Mango würde allemal der Morgen grauen.

»Die Wahrheit. Eine Partie um die Wahrheit zwischen mir und ihm. Er muß es mir sagen, ein Todgeweihter dem andern.«

Morgen, wenn er den armen Leo vor einem Angriff im Stich lassen würde. Morgen, wenn er mitten durch eine Schwarze Brigade hindurch mußte.

# 4

Vom Glockenturm in Mango hatte es eben sechs geschlagen. Den Kopf zwischen den Fäusten, saß Milton auf der steinernen Bank vor der Osteria. Drinnen hörte er eine Frau wirtschaften, er meinte sogar, sie gähnen zu hören, breit und ordinär wie ein Mann. Die Dorfbewohner waren alle schon auf den Beinen, wenn auch Türen und Fenster verrammelt blieben; Milton schnappte angeekelt nach Luft, wenn er an die dahinter eingeschlossenen Gerüche dachte.

Er hatte von Treiso eine Stunde bis hier herauf gebraucht, unterwegs hatte er unzählige Nebelschwaden durchwatet, kniehoch, die ihm wie eine Herde über den Weg liefen. Er war in der Gewißheit aufgewacht, daß der Regen auf das schadhafte Stalldach tropfte, doch es regnete nicht mehr. Dafür war es stark neblig, der Nebel verstopfte die Täler und breitete sich über den durchweichten Hängen zu wabernden Leintüchern aus. Noch nie hatte er solchen Widerwillen gegen diese Hügel empfunden, noch nie waren sie ihm so düster und schlammig erschienen wie jetzt durch die Nebelfetzen hindurch. In seiner Vorstellung waren diese Hügel immer nur die natürliche Szenerie für seine Liebe gewesen – über diesen Pfad mit Fulvia zusammen, auf jenen Hügelrücken mit ihr, dies hätte er ihr nach jener Wegbiegung gesagt, hinter der sich so viel Geheimnisvolles verbarg... – statt dessen war er verdammt, hier die letzte vorstellbare Sache zu machen: Krieg. Bis gestern hatte er das ertragen können, aber...

Er hörte, daß sich Schritte auf dem Pflaster näherten, doch er hob den Kopf nicht. Gleich danach dröhnte Moros Stimme: »Aber das ist doch Milton! Hast du diesen verdammten Vorposten schon satt? Kommst du wieder zu uns?«

»Nein. Ich bin nur hier, weil ich mit Giorgio reden muß.«
»Er ist draußen.«
»Ich weiß. Der Posten hat's mir gesagt. Wer ist bei ihm?«

Moro zählte sie an den Fingern auf: »Sheriff, Cobra, Meo und Jack. Gestern abend hat Pascal sie als Wache an die Abzweigung nach Manera geschickt. Pascal dachte, daß die Faschisten aus Alba von dieser Seite her anrücken würden. Aber es ist nichts passiert, und die fünf sind sicher schon auf dem Heimweg. Aber ist dir nicht gut? Du siehst ja bleich aus wie ein Gaslicht.«

»Was meinst du wohl, welche Farbe du im Gesicht hast?«
»Das weiß ich«, erwiderte Moro lachend. »Hier werden wir noch alle schwindsüchtig. Gehn wir doch in die Osteria. Du kannst auch drinnen auf Giorgio warten.«

»Die Kälte tut mir gut. Ich hab' einen ganz heißen Kopf.«
»Entschuldige, aber ich geh' ins Warme.« Moro trat ein, gleich danach hörte Milton, wie er ein Gespräch mit dem Hausmädchen anfing, die Stimme belegt vor Erkältung und Begehrlichkeit.

Ihn schauderte, und er nahm den Kopf wieder zwischen die Hände.

Es war am dritten Oktober 1942. Fulvia kehrte nach Turin zurück, für eine Woche vielleicht oder kürzer, jedenfalls fuhr sie fort.

»Geh nicht fort, Fulvia!«

»Ich muß.«

»Warum denn?«

»Weil ich einen Vater und eine Mutter habe. Oder glaubst du, ich hätte keine?«

»Das ist es ja.«

»Was sagst du?«

»Ich meine, daß ich dich nur allein sehen kann, daß ich mir dich nur allein vorstellen kann.«

»Ich hab' aber welche, ich hab' Eltern«, schnaubte sie, »und sie wollen, daß ich mich auch manchmal in Turin blicken lasse. Aber nur kurz. Ich hab' auch zwei Brüder, falls es dich interessiert.«

»Es interessiert mich nicht.«

»Zwei große Brüder«, fuhr sie unbeirrt fort. »Beide beim Militär. Offiziere. Der eine in Rom, der andere in Rußland. Jeden Abend bete ich für sie. Für Italo, der in Rom ist, tue ich nur so, als ob ich bete, denn er tut ja auch nur so, als wäre er im Krieg. Aber für Valerio in Rußland bete ich wirklich, so gut ich nur kann.«

Sie sah Milton verstohlen an, der den Kopf senkte, sich abwandte und zum fernen Fluß mit seinen grauen Wassern zwischen verblassenden Ufern blickte. »Ich fahr' ja nicht über den Ozean«, murmelte sie.

Doch, sie fuhr über den Ozean, da er doch spürte, wie all die Geier ihm ihre Schnäbel ins Herz eingruben.

Er und Giorgio Clerici begleiteten sie zum Bahnhof. Giorgio sah an diesem Tag noch sauberer aus, besser zurechtgemacht als je seit Beginn des Krieges. Der Himmel war von einem durchscheinenden Grau, schöner als das schönste Azurblau, einheitlich in seiner Grenzenlosigkeit. Es würde Abend sein, ein trostloser, dunkel getönter Abend, wenn Fulvia in Turin ausstieg. Wo wohnte sie eigentlich genau in Turin? Er würde sie nicht danach fragen, auch Giorgio nicht, der bestimmt ihre Adresse kannte. Alles in Turin, was Fulvia betraf wollte er ignorieren. Ihrer beider Geschichte spielte ausschließlich in der Villa auf dem Hügel von Alba.

Giorgio trug einen Anzug aus Schottenstoff, noch aus der Zeit vor der Autarkie; Milton eine umgearbeitete Jacke seines Vaters mit einer Krawatte, die den Knoten nicht hielt. Fulvia war schon in den Zug gestiegen und zeigte sich am Fenster. Sie lächelte Giorgio ein wenig zu, schüttelte dauernd die Zöpfe. Dann schnitt sie einem dicken Reisenden eine Grimasse, der sie auf dem Gang passierte und sie ans Fenster quetschte. Jetzt lachte sie Giorgio an. Auf dem Bahnsteig eilte der Stationsvorsteher zur Lokomotive und schwenkte ein Fähnchen. Das Grau des Himmels war schon etwas unansehnlicher geworden.

Da sagte Fulvia: »Die Engländer werden doch meinen Zug nicht bombardieren?«

Giorgio lachte. »Die Engländer fliegen nur nachts.«

Dann rief Fulvia ihn, Milton, ans Fenster. Sie lächelte nicht und sagte etwas, das Milton mehr von den Bewegungen ihrer Lippen ablas als vom Klang ihrer Stimme erfaßte. »Wenn ich in die Villa zurückkomme, will ich einen Brief von dir vorfinden.«

»Ja«, erwiderte er, und seine Stimme zitterte bei dem einsilbigen Wort.

»Ich muß ihn vorfinden, verstehst du?«

Der Zug setzte sich in Bewegung, und Milton verfolgte ihn bis zur Biegung mit Blicken. Er wollte ihn nach der Brücke noch einmal sehen, der Rauchfahne nachfolgen, die über die zahllosen kleinen Pappeln jenseits des Flusses dahinzog, doch Giorgio drängte zum Ausgang. »Gehen wir Billard spielen!« Er ließ sich zum Bahnhof hinausschieben, aber das Billard lehnte er ab, er mußte augenblicklich heimkehren. Er hatte gerade eine Woche Zeit, vielleicht weniger, um Fulvia zu schreiben, daß er sie liebte.

Er tastete nach seinem Karabiner, den er an die Wand gelehnt hatte, und richtete sich mühsam von der Bank auf. Es konnte ihm nicht schlechter gehen. Schüttelfrost überlief ihn, sein Kopf brannte unablässig und dröhnte.

Aus einer Seitengasse tauchte der kleine Jim auf und rief ihm von weitem zu, Pascal sei soeben zur Kommandantur zurückgekehrt, falls Milton mit Pascal sprechen wolle.

»Nein. Ich habe nur mit Giorgio zu reden.«
»Mit Giorgio, dem Schönen?«
»Ja.«
»Er ist noch draußen.«
»Ich weiß. Ich geh' ihm ein Stück entgegen.«
»Entfern dich nicht zu weit vom Dorf«, warnte Jim.
»Es ist so neblig, daß man sich verirren kann.«

Er ging die Hauptstraße entlang, quer durch das Dorf, und blickte dabei jede kleine Seitengasse hinunter, um zu sehen, wie es draußen mit dem Nebel stand. Schon die Bäume am Dorfrand waren nur noch gespensterhaft.

An der Ecke des letzten Hauses blieb er mit einem Ruck stehen. Auf dem steinigen Weg hatte er die Schritte von einem halben Dutzend Männer gehört. Es war der unverwechselbare, ausholende, schnelle Schritt junger Partisanen aus der Stadt. Stumm kamen sie den Weg herauf, offenbar waren Hals und Lungen vom Nebel verstopft. Eine furchtbare Erregung packte ihn, er fuchtelte mit den Armen herum und mußte sich an die Hausecke lehnen. Aber es war nicht Giorgios Trupp. Ungefragt erklärte einer von ihnen im Vorbeigehen, sie kämen unten vom Friedhof und hätten die Nacht im Haus des Totengräbers zugebracht.

Noch ganz verstört, ging er aufs Land hinaus. Er hatte beschlossen, Giorgio draußen an dem Kapellchen der heiligen Jungfrau zu erwarten. Er würde ihn für einen Augenblick von den vier andern trennen, und...

Die Straße war vom Nebel überströmt, zuweilen gab es Spalten und wogende Nebelschwaden. Doch die Täler zu beiden Seiten waren randvoll mit aufeinandergelegter Watte, unbeweglich. Der Nebel war auch die Hänge hinaufgekrochen, nur ein paar Kiefern auf der Kuppe ragten hervor, sie sahen aus wie die Arme von Menschen kurz vor dem Ertrinken.

Vorsichtig stieg er zu den Umrissen der kleinen Kapelle hinab. Ringsum war alles stumm, nur hie und da piepste ein Vogel in seinem Nest, bedrängt vom Nebel und dem Rauschen der Bächlein in den versunkenen Tälern.

Vom Glockenturm in Mango schlug es sieben, ohne Nachhall.

Er lehnte sich an die Mauer der Kapelle und sah besorgt zum Torretta-Paß hinauf. Dieser war schon fast vom Nebel verstopft, der aus der Hochebene darunter aufstieg. Ein Spalt blieb offen, immerhin mußte Giorgios Trupp innerhalb der nächsten zehn Sekunden auftauchen. Doch sie kamen nicht, und da hatte plötzlich ein neuer Nebelschub den Paß ausgelöscht.

Er zündete sich eine Zigarette an. Wie lange schon hatte er Fulvia keine Zigarette mehr angezündet? Es lohnte sich schon, heil den Krieg zu durchstehen, nur um Fulvia die Zigarette anzuzünden.

Beim ersten Zug meinte er, die Lunge würde ihm bersten, beim zweiten krümmte er sich in Krämpfen, den dritten vertrug er besser und konnte dann die Zigarette fast ohne Zucken zu Ende rauchen.

Der Nebel war unterdessen auch über dem Stückchen Straße zusammengeschlagen, schwebte aber noch etwa einen halben Meter über dem Boden. Und genau in diesem Zwischenraum sah er endlich khakifarbene Beine mühsam daherstapfen. Die Rümpfe und Köpfe waren vom Nebel verhüllt. Er lief mitten auf die Straße, um Giorgios Beine und seinen Schritt besser erkennen zu können. Wie immer, wenn er äußerst erregt war, verbarg sich sein Herzschlag im Körper.

Die Rümpfe und Köpfe tauchten aus dem Nebel auf. Sheriff, Meo, Cobra, Jack...

»Und wo ist Giorgio? War er nicht bei euch?«

Sheriff war widerwillig stehengeblieben. »Natürlich. Er kommt hinterher.«

»Wo hinterher?« fragte Milton und deutete in den Nebel.

»Ein paar Minuten hinter uns.«

»Warum habt ihr ihn abgehängt?«

»Er hat sich selbst abgehängt«, hustete Meo.

»Konntet ihr nicht auf ihn warten?«

»Schließlich ist er erwachsen«, sagte Cobra, »und den Weg kennt er genausogut wie wir.«

Und Meo: »Halt uns nicht auf, Milton. Ich krepier' vor Hunger. Wenn der Nebel Speck wäre...«

»Wartet. Ihr habt gesagt, ein paar Minuten, aber ich seh' ihn noch nicht.«

»Wahrscheinlich hat er haltgemacht«, sagte Sheriff, »um in irgendeinem Haus unterwegs was zu essen. Du weißt doch, wie Giorgio ist. Es widert ihn an, in Gesellschaft zu essen.«

»Halt uns nicht auf«, wiederholte Meo, »oder wenn du dich unbedingt unterhalten willst, tun wir's doch wenigstens im Gehen.«

»Sag mir die Wahrheit, Sheriff«, beharrte Milton und trat nicht beiseite. »Habt ihr mit Giorgio Streit gehabt?«

»Ach was!« erwiderte Jack, der sich bisher noch nicht eingemischt hatte.

»Ach was!« pflichtete Sheriff ihm bei, »wenn Giorgio auch nicht gerade unser Fall ist. Er hält sich für was extra Feines, von solchen Leuten hat man schon in der verfluchten Armee genug gehabt.«

»Hier sind wir alle gleich«, sagte Cobra aufbrausend. »Hier haben die feinen Herrchen nichts zu sagen. Denn wenn sie sich einbilden, sie hätten hier auch was zu sagen, wie in der Armee...«

»Ich krepier' vor Hunger«, murrte Meo und lief mit gesenktem Kopf an Milton vorbei.

»Komm mit«, forderte Sheriff ihn auf. »Du kannst genausogut im Dorf auf ihn warten.«

»Ich warte lieber hier.«

»Wie du willst. Du wirst sehen, in höchstens zehn Minuten ist er da.«

Milton hielt ihn noch einmal zurück. »Wie ist's mit dem Nebel dort hinten?«

»Scheußlich. Ich will nachher im Dorf wirklich mal einen alten Mann fragen, ob er so was schon je gesehen hat. Grauenhaft. An einer Stelle hab' ich überhaupt nichts mehr von der Straße gesehen, auch wenn ich mich bückte, und nicht mal mehr meine Füße. Aber es ist nicht gefährlich, weil die Straße nicht am Abhang entlangführt. Eins jedenfalls sag' ich dir, Milton, hätte dein Freund gerufen, so hätte ich auf ihn gewartet und auch meine Leute warten lassen. Aber er hat nicht gerufen, und da wußte ich, daß er wie gewöhnlich seinen Kram allein machen wollte. Du weißt ja, wie Giorgio ist.«

Und schon waren alle vier wieder im Nebel verschwunden.

Er stieg wieder hinauf und lehnte sich an die Kapelle. Er zündete sich eine zweite Zigarette an, und während er rauchte, behielt er den Zwischenraum zwischen Straße und Nebelschicht im Auge. Nach einer halben Stunde stieg er wieder zur Straße hinab und ging langsam auf den Torretta-Paß zu.

Sheriff hatte recht, Giorgio hatte sich bestimmt den Nebel zunutze gemacht, um allein zu bleiben. Er war unbeliebt wegen seiner Ungeselligkeit, wegen seiner Unkameradschaftlichkeit. Er verlor keine Gelegenheit, ja, er suchte sie geradezu, um sich abzusondern, nichts wollte er mit den andern teilen, nicht einmal seine Körperwärme. Allein schlafen, allein essen, heimlich rauchen in Zeiten, wo der Tabak knapp war, Körperpuder benutzen... Milton schob die Unterlippe vor und versenkte die Zähne hinein. Was ihn bis gestern über Giorgio hatte lächeln lassen, versetzte ihm jetzt einen Stich. Giorgio schien nur Milton ertragen zu können, nur mit Milton hatte er etwas gemeinsam. Wie oft, wenn sie in Ställen übernachteten, hatten sie sich nebeneinander ausgestreckt, einer an den andern gedrängt, sehr vertraulich, und stets war die Initiative von Giorgio ausgegangen. Milton schlief gewöhnlich wie ein Halbmond gekrümmt, und Giorgio wartete, bis er sich zurechtgelegt hatte, dann drängte er sich an ihn und paßte sich ihm an wie in einer Hängematte. Und wie oft, wenn Milton als erster erwachte, hatte er Muße gehabt, Giorgios Körper zu betrachten, seine Haut, seinen Haarwuchs...

Der Schmerz beschleunigte seinen Schritt, obwohl er jetzt durch sehr dichten und undurchdringlichen Nebel lief. Der Nebel bildete eine greifbare Schicht, eine richtige Mauer aus Schwaden, und bei jedem Schritt meinte Milton dagegenzustoßen und anzuprallen. Bestimmt war er schon ganz nah am Paß, aber er konnte nur aus dem Verlauf und dem Neigungsgrad der Straße schließen, wo er gerade war. Ganz wie Sheriff es beschrieben hatte, konnte er nur im Bücken den Grund der Straße und seine Füße erkennen, verschwommen und wie abgeschnitten. Was die Sicht nach vorn betraf, hätte er Giorgio auf zwei Meter Entfernung sicher nicht mehr gesehen.

Er stieg noch ein paar Schritte bergan; nun mußte er oben angelangt sein. Eine riesige, dichte Nebelmasse erdrückte die darunterliegende Hochebene.

Er schluckte und rief verhalten Giorgios Namen; wenn Giorgio in diesem Augenblick die letzte Steigung hinaufkam, mußte er ihn hören. Dann rief er viel lauter, für den Fall, daß Giorgio gerade erst die Hochebene überquert hatte und nun den Steilhang hinaufkletterte. Keine Antwort. Schließlich legte er die Hände trichterförmig um den Mund und rief laut und sehr lange Giorgios Namen. Ein Hund jaulte, nicht viel weiter unten. Und dann nichts mehr.

Ganz vorsichtig, um sich nicht in der Richtung auf das bereits unsichtbare Dorf zu vertun, machte Milton kehrt und stieg Schritt für Schritt wieder hinunter.

# 5

In der Kantine traf er Sheriff wieder an, der inzwischen seinen Hunger gestillt hatte und nun vor sich hindöste, die Ellbogen auf den Tisch gestützt. Unter seinem rasselnden Atem kräuselten sich die Weinlachen auf dem Tisch wie kleine Tümpel im Wind.

Milton rüttelte ihn wach. »Ich hab' ihn nicht gefunden.«

»Was soll ich dir sagen?« erwiderte Sheriff mit unbeholfener Stimme, doch er richtete sich auf, um anzudeuten, daß er zu einem Gespräch bereit sei. »Wie spät ist es denn?« fragte er und rieb sich die Augen.

»Neun Uhr vorbei. Bist du sicher, daß keine Faschisten in der Nähe waren?«

»Bei diesem Nebel? Du machst dir ja gar keinen Begriff, wie neblig es war. An der Kreuzung war's wie Milchsuppe, kann ich dir sagen.«

»Vielleicht sind sie unterwegs vom Nebel überrascht worden«, überlegte Milton. »Als sie von Alba aufbrachen, war es dort bestimmt noch nicht so neblig.«

Sheriff schüttelte den Kopf. »Bei diesem Nebel«, wiederholte er.

Milton wurde ärgerlich. »Dir kommt der Nebel gerade recht, um zu bestreiten, daß sie da waren. Und wenn er dir nur dazu gut ist, um eine Ausrede zu haben, daß du sie nicht gesehen hast.«

Sheriff schüttelte immer noch gelassen den Kopf. »Ich hätte sie gehört. Von Alba kommen sie mindestens in Bataillonsstärke. Ein Bataillon ist schließlich keine Maus, und wir hätten sie gehört. Da hätte nur ein einziger Soldat zu husten brauchen.«

»Aber Pascal hat sie erwartet. Er hat euch als Spähtrupp an die Kreuzung geschickt, weil er sie von dort erwartet hat.«

»Pascal!« schnaubte Sheriff. »Wenn wir uns auf Pascal verlassen wollten! Wer hat ihn denn zum Brigadekommandeur gemacht? Ich will ja nicht meckern, aber in all den Monaten hab' ich kein einziges Mal erlebt, daß er was richtig gemacht hätte. Wenn du's genau wissen willst, seit gestern und heute nacht wünschen wir Pascal ehrlich zum Teufel. Der bildet sich einen Angriff ein, und wir müssen dafür ein Hundeleben führen. Das haben wir ihm stundenlang gesagt. Und dein Giorgio auch.«

Milton ging um den Tisch und setzte sich rittlings auf die Bank, Sheriff gegenüber.

»Sheriff, hattet ihr Streit mit Giorgio?«

Der andere schnitt ein paar Grimassen, dann nickte er. »Er ist mit Jack aneinandergeraten.«

»Aha!«

»Aber das hat nichts damit zu tun, daß wir ihn verloren haben. Nicht deshalb haben wir ihn im Nebel verloren. Er hat sich aus eigenen Stücken von uns abgesetzt, um seine Bequemlichkeit zu haben und mal wieder das feine Herrchen herauszukehren.«

»Und ihr drei habt euch natürlich gleich auf Jacks Seite geschlagen.«

»Das will ich meinen. Jack war völlig im Recht.«

Eigentlich waren sie alle fünf schlechter Laune gewesen. Kurz nachdem Milton von seiner Erkundung in Alba nach

Treiso zurückkehrte, waren sie von Mango aufgebrochen. Sie hatten den Torretta-Paß noch nicht erreicht, als es schon stockfinster war. Sie gingen den Hügelrücken entlang, ein starker und schlimmer Wind packte sie von vorn, unheimlich kalt wie im Winter. Ein Wind, sagte Meo, der bestimmt von den aufgerissenen Gräbern eines Friedhofs auf der Hochebene kam, wo er nicht mal als Erschossener geblieben wäre. Alles ringsum war verlassen, doch sämtliche Hunde in den Gehöften auf halber Höhe witterten sie und schlugen an. Cobra, der Hunde nicht ausstehen konnte, fluchte bei jedem Kläffen. Er hatte seine Wolldecke über Kopf und Schultern gelegt, und so sah er aus wie eine Nonne, die fluchend schreitet. Wenn man die Flüche dazurechnete, die die Bauern ihren Hunden nachriefen, weil diese in ihrem Eifer die Häuser und ihre Lage verrieten, die man sonst gar nicht gesehen hätte, dann hätte man meinen können, daß die ganze Welt nur aus einem einzigen großen Fluch bestand; besonders weil die andern vier, die zähneknirschend weitermarschierten, im stillen ebenfalls fluchten. Sie waren überzeugt, daß Pascal Gespenster gesehen hatte und sich nur interessant machen wollte und daß ausgerechnet sie nun mit diesem Hundemarsch dafür büßen mußten. Am wütendsten war sicher Giorgio, weil ihm der Trupp nicht paßte und weil man Sheriff das Kommando übertragen hatte. »Wenn man mich nicht mal für wert hält«, hatte er wohl gedacht, »das Kommando über diese vier Trottel zu übernehmen, kann man sich ja an den fünf Fingern abzählen, was für einen Eindruck und was für eine Karriere ich bei den Partisanen mache.«

Dann hatten sie sich über Meo geärgert. Da sie mit nüchternem Magen aufgebrochen waren, hatte er vorgeschlagen, in einem einsamen Bauernhof zu Abend zu essen, wo er und der arme Rafé einmal sehr gut bewirtet worden waren.

Frischgebackenes Brot, eine kräftige Minestra, wenn auch süß, nach Belieben bester Bauchspeck, schneeweiß, mit einem rosa Kreis in der Mitte. Alle waren einverstanden, dorthin zu gehen, obwohl das Haus recht unzugänglich am Fuß des großen Abhangs lag. Über einen halsbrecherischen Pfad kletterten sie hinunter, die Nacht war pechschwarz, doch wie lebendig, und es schien, als täten sich unzählige Abgründe vor ihnen auf. Als sie schließlich unten waren, konnte Meo das Haus nicht mehr finden, sie mußten sich in alle vier Himmelsrichtungen zerstreuen und es suchen. Die Wände waren so schwarzverwittert, daß sie nicht einmal mehr jene besondere, gespenstische Helligkeit abgaben. Endlich hatte Cobra es entdeckt, dabei war er zu allem Überfluß mit der Hose im Stacheldraht hängengeblieben, der den Vorplatz umgab. Cobras Fluchen hatte sie herbeigeholt. Zum Glück war kein Wachhund da, denn der wäre völlig wild geworden, und Cobra hätte ihn mit der *Sten* erledigt, und dann wäre Sheriff wild geworden und hätte im Schlamm mit Cobra gekämpft, denn Sheriff konnte nicht mit ansehen, daß man Hunden etwas zuleide tat.

Schließlich mußten sie noch ein Riesenpalaver über sich ergehen lassen, ehe sie herein konnten. Meo klopfte an, und der Bauer fragte hinter der geschlossenen Tür.

»Wer seid ihr?«

»Partisanen«, antwortete Meo.

»Sag's im Dialekt!« verlangte der Alte. Und Meo wiederholte es im Dialekt.

»Was für welche? Blaue Badoglianer oder Stella Rossa?«

»Badoglianer.«

»Zu welchem Kommando gehört ihr, wenn ihr Badoglianer seid?«

»Zum Kommando von Mango«, erwiderte Meo geduldig. »Wir sind Leute von Pascal.« Doch der Alte schob den Riegel noch immer nicht zurück, und Sheriff mußte auf Cobra aufpassen, der vor Ungeduld mit den Füßen stampfte und dem Bauern ein paar Wörtchen durch die Holztür zurufen wollte, ein paar Wörtchen, die ihn augenblicklich zum Öffnen gebracht hätten.

»Und was wollt ihr?« fragte der Alte weiter.

»Nur einen Happen essen, dann geht's gleich wieder zum Dienst zurück.«

Aber der Alte war immer noch nicht zufrieden.

»Kann man erfahren, mit wem ich spreche? Kenn' ich dich?«

»Natürlich«, sagte Meo. »Ich bin Meo, ich bin schon mal zum Essen in Ihrem Haus gewesen. Erinnern Sie sich doch!«

Drinnen blieb es still. Der Alte besann sich und prüfte genau das Für und Wider. »Sie müssen sich noch an mich erinnern«, beharrte Meo. »Vor zwei Monaten war ich hier. Auch abends. Und ein Wind war damals, der einen fast umgeweht hätte.«

Der Alte brummte etwas, zum Zeichen, daß er begriff.

»Und du«, fragte er dann, »weißt du noch, mit wem du damals gekommen bist?«

»Natürlich, mit Rafé. Mit Rafé, der kurz darauf im Gefecht von Rocchetta gefallen ist.«

Da rief der Alte seiner Frau etwas zu, schob die Riegel zurück, und sie traten ein. Aber es war keine Rede von den guten Sachen, von denen Meo ihnen vorgeschwärmt hatte, sie bekamen einen Schweinefraß vorgesetzt, nichts als Polenta und kalten Kohl und eine Handvoll Haselnüsse. Und dieses erbärmliche Zeug mußten sie unter dem starren Blick des Alten hinunterschlingen. Er ließ kein Auge von ihnen, strich sich fortwährend über den großen, weißen Schnurrbart und sagte hie und da ein Wort, ein einziges

Wort: »Sibirien.« Das war sein Lieblingswort. »Sibirien. Sibirien.« Giorgio hatte die Polenta nicht angerührt, den Kohl erst recht nicht, er aß nur hastig und wütend ein Dutzend Haselnüsse, die ihm schwer im Magen lagen. Nachher sagte er, daß er sie wie lauter kleine Steine entlang der Speiseröhre spüre. Als sie das unglückselige Haus endlich verließen und den Hügel wieder hinaufstiegen, war es fast neun Uhr, und die Nacht war so furchterregend wie kurz vor Morgengrauen. Beim Aufstieg beschimpften sie Meo wegen seines Einfalls mit dem Abendessen. Jack benahm sich noch am anständigsten. Er brummte pausenlos mit weicher, fast vergnügter Stimme: »Verdammte Faschisten, verdammte Faschisten, verdammte Faschisten...«

Dann fielen sie über Sheriff her, weil ihnen das Haus nicht paßte, das er als Basis für ihre Wache an der Kreuzung ausgesucht hatte. Sie waren jetzt schon in Sichtweite der Wegkreuzung, unten leuchtete die Straße in düsterem Weiß. Cobra sagte aus seinem Kapuzenkopf: »Wenn morgen früh Faschisten über diese Straße kommen, freß' ich so lange Straßenschotter, bis ich krepiere, das schwör' ich euch!« Die vier wollten bei der Langa-Meierei haltmachen, die hatte einen großen Stall, dessen Ritzen gut abgedichtet waren, und eine große Anzahl Rinder, die mit ihrem Atem wärmten wie viele Heizkörper. Sheriff wandte ein, daß man dort zwar bequem schlafen könne, daß der Stall aber schlecht für die Wache gelegen sei und zu weit von der Kreuzung entfernt sei. Er mußte sehr hartnäckig sein, um sich durchzusetzen, und zuletzt führte er sie zu einer verlassenen Hütte am Rand einer Anhöhe, genau gegenüber der Kreuzung und in *Sten*-Schußweite von der Häusergruppe entfernt, die bereits stumm, dunkel und verriegelt dalag. Der Weg zu der Hütte führte an einer langen Reihe von Bäumen vorüber, die im Sturm bis in die Wurzelspitzen ächzten.

Die Hütte hatte drei baufällige, kleine Räume ohne Deckenabschluß. Der Stall war der einzige Raum, der noch einigermaßen instand war, doch Stall war bereits zuviel gesagt. Er war so klein, daß keine sechs Schafe darin Platz gefunden hätten, die Futterkrippe hätte mit knapper Not einen Zwerg aufnehmen können, und der Ziegelboden war völlig kahl, abgesehen von ein paar dornigen Reisigbündeln, die in einer Ecke aufgeschichtet waren. Es gab ein einziges Fensterchen, an dem die Scheibe fehlte, die eingespannte Leinwand war zerrissen, und die Tür hatte Ritzen, durch die man die flache Hand hindurchstecken konnte.

Um Mitternacht hatten sie mit der Wache begonnen. Sheriff ging als erster, die andern hatten sich auf dem Boden hingelegt, zusammengerollt, wie erstarrt, aber keiner schlief. Sie waren so abgestumpft, daß niemand auf den allereinfachsten Gedanken kam, die alten Reisigbündel hinauszuwerfen, um dadurch Platz zu gewinnen. Anfangs hatten sie noch mit Mühe Abstand zu dem Reisig gewahrt, dann war Jack doch darauf gefallen, geschoben von den andern, die hin und her rutschten, sich drehten und vor Kälte zitterten. Nun, Jack war der einzige, der auf dem dornigen Reisig wie ein Fakir schlafen konnte, er wimmerte im Schlaf wie ein Sterbender. Die vorletzte Wache hatte Giorgio, und die letzte fiel auf Jack, der beim trügerischen Licht der Morgendämmerung besonders gut sehen konnte.

Während Jacks Wache war es dann zum Krach mit Giorgio gekommen. Als Giorgio zurückkam, rüttelte er Jack wach, und als Jack draußen war, schob er Cobra und Meo wie Säcke beiseite und legte sich auf die Streu. Natürlich konnte er nicht einschlafen und kauerte sich zusammen, die Hände unter den Knien verschränkt. Er rauchte eine Zigarette, dann probierte er hundert verschiedene Stellungen aus, nicht so sehr, um zu schlafen, sondern vielmehr, um auf erträgliche Weise wach zu bleiben, doch es gelang ihm nicht. Dann richtete er sich auf und zündete sich noch eine Zigarette an. Beim Schein des Streichholzes sah er, daß Jack nicht draußen war, wie es seine Pflicht als Posten gewesen wäre, sondern drinnen im Stall. Er hatte sich an die Wand neben der Tür gesetzt und ließ den Kopf baumeln.

»Giorgio muß grün und gelb vor Wut gewesen sein«, sagte Sheriff. »Er hatte seine Wache anständig hinter sich gebracht...«

»Es gibt keinen«, unterbrach Milton, »keinen einzigen in der ganzen Division, der es mit der Wache so peinlich genau nimmt wie Giorgio.«

»Das stimmt«, gab Sheriff zu, »und wir wollen jetzt nicht untersuchen, ob er das nur aus Eigennutz macht oder für seine Kameraden. Immerhin, wenn er's auch nur für die eigene Haut tut, macht er's ja automatisch für die andern mit. Darüber sind wir uns einig. Wie ich schon sagte, Giorgio war grün und gelb vor Wut. Er richtete sich auf den Knien auf und scharrte wie ein Tier mit den Händen in der Streu. ›Warum bist du nicht draußen auf Wache?‹ und, ohne eine mögliche Rechtfertigung abzuwarten, überhäufte er Jack mit Schimpfworten, von denen Hurensohn noch das schmeichelhafteste war. Jacks Schuld, wenn es eine Schuld gibt, war, daß er sich nicht gleich rechtfertigte. Ich glaube, Jack zuckte nur mit den Achseln und brummte etwas wie ›Hat ja doch keinen Zweck‹, vielleicht spuckte er auch in Giorgios Richtung auf den Boden. Der fiel über ihn her, es sah aus wie ein Frosch, der durch die Luft fliegt, und sagte: ›Es hat keinen Zweck?! Wir haben unsere Wache geschoben, und du willst dich drücken, du Saukerl?‹ und sprang auf ihn zu. Wir waren zwar wach, aber wir wurden nicht recht klug daraus, außerdem tat uns alles weh, und unsere

Gelenke waren so steif, daß eine gute Minute verging, ehe wir auf den Beinen waren. Ich hatte nur mitbekommen, daß Jack nicht draußen auf Wache war, und rief ihm zu: ›Was ist los?‹, und er solle sich auf der Stelle rausscheren und seinen Dienst versehen. Doch Jack gab keine Antwort, er hatte genug damit zu tun, sich gegen Giorgio zu wehren. Der hatte ihn am Hals gepackt und wollte ihm den Schädel gegen die Wand schlagen. Während er ihn würgte und ihm den Kopf verdrehte, schimpfte er in einem fort: ›Du Bastard! Es ist höchste Zeit, daß mit euch Gesindel aufgeräumt wird! Ihr taugt nicht für uns und nicht für sie! Ihr werdet noch allesamt umgelegt! Hunde, Schweine, Abschaum...!‹ Jack antwortete nicht einmal, weil Giorgio ihn fast erwürgt hätte, und dann machte er seinen Hals so steif wie möglich, um nur ja nicht mit dem Kopf gegen die Wand zu schlagen. Er gab keinen Mucks von sich, rief nicht einmal um Hilfe. Er hatte die Beine angewinkelt und versuchte, Giorgio wegzustoßen. Das alles, was ich dir jetzt lang und breit erzähle, hat in Wirklichkeit nicht länger als eine halbe Minute gedauert. Ehe wir überhaupt eingreifen konnten, hatte Jack die Füße auf Giorgios Brust gesetzt und ihn rücklings auf den Steinboden geschleudert. Da brüllte ich Jack an, er solle sich gefälligst rechtfertigen. Jack blieb auf seinem Platz sitzen und sagte nur: ›Es hat keinen Zweck, hab' ich gesagt. Sieh doch selber nach!‹ und schlug die Tür mit der Hand auf. Wir sahen hinaus und begriffen, warum.«

»Der Nebel«, murmelte Milton.

Um den Nebel zu beschreiben, erhob sich Sheriff von der Bank.

»Stell dir ein Meer von Milch vor. Bis an unser Haus heran, mit Zungen und Brüsten, die in den Stall eindringen wollten. Wir traten hinaus, einer nach dem andern, aber vorsichtig und nicht mehr als zwei Schritte, aus Angst, in diesem Meer von Milch zu ertrinken. Wir konnten einander kaum erkennen, obwohl wir in einer Reihe standen und Tuchfühlung zueinander hatten. Vor uns sahen wir überhaupt nichts. Wir stampften mit den Füßen auf, um uns zu vergewissern, daß wir überhaupt noch auf festem Boden waren und nicht auf einer Wolke.« Er setzte sich schwerfällig wieder hin und fuhr fort: »Cobra lachte, ging in den Verschlag zurück, nahm einen Arm voll Reisig, kam wieder heraus und warf es voller Wucht vor sich hin, dem Nebel ins Maul. Wir hörten es nicht mal auf den Boden fallen.«

Obwohl sie angespannt lauschten und den Atem anhielten, hörten sie nicht das leiseste Geräusch. Der Streit zwischen Giorgio und Jack war schon vergessen. Nach Giorgios Uhr war es fast fünf. Sie waren sich alle darin einig, daß kein Angriff bevorstand und nichts zu befürchten sei. Hier hatten sie nichts mehr verloren; sie mußten sich so schnell wie möglich wieder auf den Weg nach Mango machen.

»Muchachi«, sagte Sheriff, »hier verläuft die Kammstraße, das ist der kürzeste Weg, außerdem kennen wir sie auswendig. Aber bei dem Nebel ist sie gefährlich, sie ist schmal, und auf beiden Seiten sind die Steilhänge. In diesem Nebel kann man leicht vom Weg abkommen, und wer vom Weg abkommt, bricht sich vielleicht nicht gleich den Hals, aber große Illusionen braucht er sich nicht mehr zu machen. Er kullert runter, immer weiter, und einen Halt gibt es erst am Belbo, der in einer Entfernung von zwei Kilometern unten vorbeifließt. Ich schlage also vor, daß wir sehr vorsichtig bis zur Hälfte des Hangs absteigen und von dort aus die Straße nehmen, die ist zwar länger, aber wenigstens auf einer Seite durch die Anhöhe geschützt. Dann brauchen wir uns nur immer rechts zu halten und können uns an der Böschung entlangtasten. Wenn wir dann auf der Höhe des Pilone del Chiarle sind, können wir wieder auf den Kamm rauf. Von dort aus ist die Straße weniger gefährlich, denn auf beiden Seiten liegen ziemlich breite Wiesen, ehe es wieder runtergeht. Außerdem ist der Nebel da hoffentlich nicht ganz so furchtbar wie hier.« Sie gaben ihm recht und stiegen zunächst sehr vorsichtig die Anhöhe halb hinunter, wobei sie einen Fuß genau vor den andern setzten, wie man's beim Boccia macht, um die Punktzahl zu bestimmen. Den Weg weiter unten am Hang hatten sie erst gefunden, nachdem sie niedergekniet waren und den Boden abgetastet hatten. Obwohl der Nebel dort genauso dicht lag, waren sie auf dem Weg etwas rascher vorangekommen. Dann stießen sie durch Zufall auf den Pfad, der zum Pilone del Chiarle führte, und stiegen wieder zum Kamm hinauf.

»Na ja«, sagte Sheriff, »stell dir vor, wir haben drei Stunden gebraucht für eine Strecke, die man normalerweise in einer Stunde schafft.«

»Und wo habt ihr Giorgio verloren?«

»Das weiß ich nicht. Aber ich sag' dir noch mal, daß er absichtlich zurückgeblieben ist. Wahrscheinlich hat er sich gleich abgesetzt, nachdem wir den Weg weiter unten am Hang erreicht hatten. Du kannst beruhigt sein, Milton, ich kann mir denken, wo Giorgio ist. Der sitzt schön warm in irgendeiner Meierei und läßt sich für klingende Münze ein Essen auftischen. Der hat immer Geld, manchmal mehr als der Brigadezahlmeister. Sein Vater schickt's ihm in rauhen Mengen, so wie Pfefferminzbonbons. Ich weiß jetzt, wie er's macht. Er läßt sich eine große Schale heißer Milch vorsetzen, und da es keinen Zucker mehr gibt, läßt er ein paar ordentliche Löffel Honig drin auflösen. Und deshalb hört man ihn auch nie husten, nicht mal den allerkleinsten Nieser, während wir andern uns die Seele aus dem Leib bellen. Du kannst ganz ruhig sein, Milton, du siehst ja, wie ruhig ich bin, obwohl ich für die Patrouille verantwortlich bin. Du kannst dich darauf verlassen, daß du ihn zur Mittagszeit im Dorf wiedersiehst.«

»Um zwölf wollte ich wieder in Treiso sein«, sagte Milton. »Ich stehe bei Leo im Wort.«

Sheriff machte eine wegwerfende Handbewegung. »Was macht's schon, wenn du später kommst? Was macht das Leo schon aus? Hier gibt's keine Appelle und Gegenappelle. Auch darin ist der Partisan den andern überlegen. Sonst wär' er ja um kein Haar besser als ein Königlicher, und du mußt mir schon erlauben, daß ich Eisen anfasse, um's nicht zu beschwören.« Tatsächlich griff er ans Magazin seines Schnellfeuergewehrs und fügte hinzu: »Hier wird überhaupt nur nach Spannen gemessen, und du willst dich an Millimeter halten.«

»Nach Spannen meß' ich jedenfalls nicht.«

»Du sehnst dich wohl nach der verdammten Armee zurück?«

»Von der Armee will ich nichts wissen, aber nach Spannen meß' ich trotzdem nicht.«

»Wenn du es so genau nimmst, dann komm doch an einem andern Tag wegen Giorgio wieder.«

»Ich muß ihn aber sofort sprechen.«

»Warum brennst du denn so darauf, Giorgio zu treffen? Was hast du ihm so Wichtiges mitzuteilen? Ist seine Mutter gestorben?«

Er sah, wie Milton sich zur Tür wandte, und sagte: »Wohin willst du jetzt? Ins Dorf?«

»Nur ein Stück raus und sehen, was der Nebel macht.«

Unten im Tal war der Nebel in Bewegung geraten, als würde er von riesigen Schaufeln umgerührt. Nach fünf Minuten öffneten sich Löcher und Spalten, durch die man ein paar Fetzen Erde sehen konnte. Die Erde erschien ihm unendlich fern und schwärzlich, wie erstickt. Die Hügelkämme und der Himmel waren noch dicht verhüllt, doch in einer halben Stunde würde der Nebel auch dort aufreißen. Ein paar Vögel ließen sich schüchtern vernehmen.

Er steckte den Kopf nochmals zur Tür hinein. Sheriff war anscheinend wieder eingeschlafen.

»Sheriff! Hast du unterwegs nichts gehört?«

»Nichts!« erwiderte Sheriff prompt, ohne den Kopf zu heben oder die Ellbogen auseinanderzunehmen.

»Auf dem Weg in halber Höhe, meine ich.«

»Nicht das geringste!«

»Wirklich?«

»Nichts und wieder nichts!« Sheriff hob mit einem heftigen Ruck den Kopf, die Stimme aber hatte er besser in der Gewalt. »Wenn du's wirklich ganz genau wissen willst, und so übergenau hab' ich dich noch nie gesehen, dann sag' ich dir, daß wir alles in allem nichts als einen Vogel haben vorbeifliegen hören. Wahrscheinlich hatte er sein Nest verloren und suchte im Nebel danach. Und jetzt laß mich schlafen!«

Draußen begann es wieder leicht zu regnen.

# 6

Wohl einem Dutzend Kameraden hatte er ausrichten lassen, sie sollten Giorgio gleich zu ihm schicken, sobald sie ihn sahen, und als Treffpunkt hatte er die Kantine genannt. Gegen halb zwölf hatte er die Kantine verlassen und war für eine halbe Stunde zum Dorfrand geschlendert, in der Hoffnung, Giorgio schon von weitem sehen zu können, wenn er aus der Leere der Landschaft auftauchte. Der Nebel löste sich langsam überall auf, der Sprühregen war etwas stärker geworden, aber lästig war er noch nicht.

Wo die kleine Gasse mit dem Waschhaus einmündet, zeichnete sich für einen Moment Frank ab. Auch er war aus Alba, wie Milton und Giorgio. Er rannte vorbei, als hätte er nicht einmal Miltons Schatten gesehen, doch im Weiterlaufen mußte er ihn erkannt haben, denn er kam gleich darauf zurück. Er zitterte am ganzen Körper, und sein Gesicht war kindlicher und blasser denn je, kreideweiß.

»Sie haben Giorgio geschnappt!« murmelte Milton vor sich hin.

»Milton!« schrie Frank und kam heruntergelaufen. »Milton!« Er bremste mit den Absätzen auf den losen Pflastersteinen.

»Stimmt es, Frank, daß sie Giorgio geschnappt haben?«
»Wer hat dir das erzählt?«
»Niemand. Ich hab's geahnt. Woher weiß man es denn?«

»Ein Bauer«, stotterte Frank, »ein Bauer vom Hügel unten hat ihn als Gefangenen auf einem Karren vorbeikommen sehen. Der Bauer ist zu uns gekommen und hat's uns gesagt. Laufen wir rasch zur Kommandantur!« Damit wollte Frank schon wieder weiter.

»Nein, nicht laufen!« sagte, ja bat Milton. Er konnte sich kaum noch auf den Beinen halten.

Frank trat langsam auf ihn zu. »Für mich war das auch ein furchtbarer Schlag. Ich dachte, es haut mich um.«

langsam, fast widerwillig stiegen sie zur Kommandantur hinauf.

»Der ist erledigt, oder?« flüsterte Frank. »In Uniform und mit seinen Waffen haben sie ihn geschnappt. Sag doch was, Milton!«

Milton sagte kein Wort. Frank hob wieder an: »Er ist geliefert. An seine Mutter will ich gar nicht denken. Er muß ihnen bei dem Nebel direkt in die Arme gelaufen sein. Der Nebel heute früh war so seltsam. Da mußte ja was passieren. Aber daran denkt man immer erst hinterher. Armer Giorgio. Der Bauer hat ihn gefesselt auf einem Karren vorbeifahren sehen.«

»Ist es sicher, daß es Giorgio war?«

»Er sagt, daß er ihn kannte. Außerdem fehlt ja sonst keiner.«

Drüben wollte gerade ein Bauer aufs offene Feld hinuntersteigen. Er hatte sich eine besonders rutschige Abkürzung ausgesucht und hielt sich beim Hinabgleiten an den hohen Grasbüscheln fest.

»Da ist er!« sagte Frank, pfiff ihm und schnalzte mit den Fingern.

Der Mann blieb widerwillig stehen und kam wieder aufs Pflaster zurück. Er mochte um die Vierzig sein, sah fast aus wie ein Albino und war bis an die Brust mit Schlamm bespritzt.

»Erzähl mir das mit Giorgio!« befahl Milton.

»Ich hab' eurem Vorgesetzten schon alles gesagt.«

»Erzähl's mir noch einmal! Wie konntest du ihn denn sehen? War der Nebel nicht mehr so dicht?«

»Bei uns unten war's nicht so schlimm wie hier oben. Und um die Zeit war er schon fast weg.«

»Wann war das?«

»Elf Uhr. Es war fast elf, als ich die Kolonne aus Alba vorbeikommen sah mit eurem Kameraden auf dem Karren gefesselt.«

»Wie eine Jagdbeute haben sie ihn runtergeschafft«, sagte Frank.

»Ich hab's ganz zufällig gesehen«, fuhr der Mann fort, »ich war draußen, um Rohr zu schneiden, und da seh' ich sie auf der Straße vorbeikommen. Ganz zufällig hab' ich sie gesehen, gehört hab' ich sie nicht, denn sie waren leise wie Nattern.«

»War es bestimmt Giorgio?« fragte Milton.

»Vom Sehen kannte ich ihn gut. Er war mehr als einmal zum Essen im Haus meines Nachbarn.«

»Wo wohnst du?«

»Gleich oberhalb der Mabucco-Brücke. Mein Haus...«

Milton ließ ihn gar nicht erst sein Haus beschreiben. »Warum bist du nicht gleich losgerannt und hast Ciccios Leuten am Fuß des Hügels Bescheid gesagt?«

»Das hat Pascal ihn auch schon gefragt«, seufzte Frank.

»Und du hast gehört, was ich eurem Kommandanten geantwortet habe«, versetzte der Bauer. »Schließlich bin ich kein Weib, ich bin auch mal Soldat gewesen. Ich hab' mir gleich gedacht, daß von euch allen nur Ciccio sie aufhalten könnte, und so bin ich auf der Stelle losgerannt. Dabei hab' ich einiges riskiert, denn die am Ende konnten mich sehen, wie ich sie seitwärts überholte, und hätten mich wie einen Hasen abknallen können. Aber wie ich zu Ciccios Abteilung komme, ist nur der Koch da und ein Wachposten. Ich hab' ihnen trotzdem Bescheid gesagt, und sie sind gleich losgeschnellt wie Pfeile. Ich hab' gemeint, sie suchen die andern, sie stellen einen Hinterhalt, jedenfalls tun sie was, die aber sind nur schnell in den Wald verduftet. Als die Kolonne vorbei war und schon weit weg auf der Landstraße nach Alba, sind die beiden zurückgekommen und haben gesagt: ›Was hätten wir beide allein denn schon tun können?‹«

Frank sagte: »Pascal meint, daß er heute noch ein paar Leute runterschickt, die Ciccio eins der beiden *Brens*\* wegnehmen. Ein *Bren* ist übergenug für diesen Haufen von...«

»Laßt mich jetzt gehen«, sagte der Bauer. »Wenn ich zu lange ausbleibe, regt meine Frau sich auf; sie ist schwanger.«

»War's wirklich Giorgio von der Brigade aus Mango?« fragte Milton noch einmal.

»Todsicher. Wenn sein Gesicht auch blutverschmiert war.«

»Verwundet?«

»Verprügelt.«

»Und ... wie hielt er sich auf dem Karren?«

»So«, erwiderte der Mann und ahmte Giorgios Stellung nach. Sie hatten ihn an den vorderen Wagenrand gesetzt, ihn mit dem Oberkörper an einen Pfahl gefesselt, den sie durch den Boden des Karrens gestoßen hatten, und Giorgio mußte gerade wie ein Schwert dasitzen, seine Beine baumelten hinter den Schwänzen der Ochsen, die den Karren zogen.

---

\* Leichtes englisches Maschinengewehr

»Wie eine Jagdbeute haben sie ihn runtergeschafft«, wiederholte Frank. »Stell dir die Szenerie vor, wenn er so nach Alba kommt! Stell dir die Mädchen in Alba vor, heute und heute nacht!«

»Was hat das mit den Mädchen zu tun?« fuhr Milton verstört auf. »Gar nichts oder sehr wenig. Du bist noch so einer, der Hirngespinste hat.«

»Ich? Entschuldige, aber was für Hirngespinste denn?«

»Kapierst du nicht, daß es schon viel zu lange dauert? Daß wir uns daran gewöhnt haben zu krepieren und die Mädchen, uns krepieren zu sehen?«

»Laßt ihr mich immer noch nicht gehen?« fragte der Bauer.

»Einen Augenblick noch. Und Giorgio, was hat er gemacht?«

»Was soll er gemacht haben? Er starrte vor sich hin.«

»Haben die Soldaten ihn noch geschlagen?«

»Nein, nicht mehr«, antwortete der Mann. »Sie müssen ihn gleich verprügelt haben, als sie ihn gefaßt haben. Aber unterwegs nicht mehr. Bestimmt hatten sie Angst, ihr könntet jeden Augenblick auf dem einen oder anderen Hügel auftauchen. Ich hab' ja schon gesagt, sie sind leise wie Nattern abgezogen. Deshalb haben sie ihn auch in Frieden gelassen. Es kann schon sein, daß sie später wieder über ihn hergefallen sind, um ihre Wut noch ein bißchen an ihm auszulassen. Kann ich jetzt gehen?«

Milton war schon zur Kommandantur losgestürmt. Das geschah so plötzlich, daß Frank ganz verdutzt war. Er lief ihm nach und rief: »Warum rennst du denn jetzt so?«

Um den Eingang zur Kommandantur drängten sich die Partisanen von Mango. Milton schob sich durch das Gedränge und bahnte den Weg für sich und Frank, der jetzt dicht hinter ihm ging. Ein weiter Kreis hatte sich um Pascal gebildet, der den Telefonhörer in der Hand hielt. Milton zwängte sich auch durch diesen Kreis und stand nun in der ersten Reihe, dicht neben dem leichenblassen Sheriff.

Während Pascal auf die Verbindung wartete, murmelte Frank: »Ich wette meinen Kopf, daß wir in der ganzen Division keinen einzigen lumpigen Gefangenen haben!«

»Für mich, merkt's euch, einen Kranz mit weißen Rosen«, sagte ein anderer.

Das Divisionskommando war am Apparat, am andern Ende meldete sich Pan, Adjutant des Majors. Er sagte gleich, daß er über keinen einzigen Gefangenen verfüge. Pascal mußte ihm beschreiben, wie Giorgio aussah, und Pan glaubte, sich an ihn zu erinnern. Aber er hatte keinen Gefangenen. Pascal sollte sich an die verschiedenen Brigadekommandos wenden. Allerdings war es Vorschrift, daß die untergeordneten Einheiten ihre Gefangenen sofort ans Divisionskommando überstellten; doch solle Pascal Leo, Morgan und Diaz anrufen, um ja nichts unversucht zu lassen.

»Leo hat keinen«, sagte Pascal in den Hörer. »Hier vor mir steht ein Mann von der Brigade in Treiso und bedeutet mir, daß Leo keine Gefangenen hat. Ich versuche noch, Morgan und Diaz zu erreichen. Auf alle Fälle, Pan, falls man dir einen neuen Gefangenen bringt, mach ihn nicht um einen Kopf kürzer, sondern schick ihn sofort per Auto zu mir!«

»Ruf Morgan an, schnell!« sagte Milton, als Pascal den Hörer auflegte.

»Ich rufe Diaz an!« gab Pascal trocken zurück.

Milton warf einen Blick auf Sheriff. Er war jetzt aschfahl im Gesicht. Aber nicht wegen Giorgios Schicksal, dachte Milton, sondern aus nachträglicher Angst vor den Feinden, die zu Hunderten durch den Nebel schwärmten, während er, Sheriff, blind zwischen ihnen herumgetappt war, ruhig, ohne eine Ahnung von der Gefahr, ganz Ohr für den Flügelschlag eines verirrten Vogels.

»Armer Giorgio!« murmelte Sheriff. »Was für eine elende letzte Nacht hat er gehabt! Wer weiß, wie schlecht es ihm jetzt geht. Die Haselnüsse werden ihm immer noch schwer im Magen liegen!«

»Vielleicht ist für ihn schon alles vorbei«, meinte jemand hinter Milton.

»Hört auf damit!« sagte Pascal, während das Telefon klingelte.

Diaz war selbst am Apparat. Nein, er hatte keine Gefangenen. »Meine schlauen Leute haben seit einem Monat nichts aufgegriffen«, sagte er. Er erinnerte sich sehr gut an den blonden Giorgio, und er tat ihm leid, aber er hatte keinen lumpigen Gefangenen.

Ein Partisan mit Spitzbärtchen, den Milton zum erstenmal sah, fragte foppend, wo man's denn in Alba mache.

Frank antwortete: »Mal hier und mal dort. Meistens an der Friedhofsmauer. Aber auch an der Eisenbahnböschung oder irgendwo am Stadtring.«

»Keine angenehme Auskunft!« sagte der mit dem Spitzbärtchen gekränkt.

»Für mich weiße Rosen.«

Morgan sprach bereits. »Futschikato, boys. Ich hab' keine. Wer war denn dieser Giorgio? Donner und Doria, da siehst du, wie's einem gehen kann. Vor drei Tagen hatte ich einen, aber den mußte ich an die Division abgeben. Wie ein begossener Pudel war der, aber dann entpuppte er sich als Komiker ersten Ranges. Eine wahre Entdeckung. Den ganzen Tag, den er bei uns war, hatten wir Bauchweh vor Lachen. Pascal, du hättest sehen sollen, wie er ein unsichtbares Schlagzeug bediente! Ich hab' ihn zur Division geschickt und ausrichten lassen, sie sollten ihn ja nicht abmurksen, aber dann haben sie ihn doch in der Nacht unter die Erde gebracht. Da siehst du, wie's einem gehen kann! Gottverdammt! Aber wer war denn dieser Giorgio?«

»Ein hübscher Blonder«, antwortete Pascal. »Wenn du einen neuen Gefangenen bekommst, bring ihn nicht um, Morgan, und gib ihn auch nicht an die Division weiter. Ich hab' das schon mit Pan abgeklärt. Schick ihn sofort per Auto zu mir!«

Pascal legte den Hörer auf und sah, wie Milton sich zum Ausgang drängte.

»Wohin gehst du?«

»Nach Treiso zurück«, antwortete Milton, ohne sich umzudrehen.

»Bleib doch zum Essen hier. Warum willst du denn jetzt gleich nach Treiso?«

»In Treiso weiß man eher Bescheid.«

»Was?«

Aber Milton war schon hinausgestürmt. Draußen geriet er jedoch in ein anderes Gedränge. Man umstand Cobra, der sich die Ärmel sorgfältig über seine mächtigen Armmuskeln hochgekrempelt hatte und sich nun über ein imaginäres Becken beugte. »Seht her«, sagte er, »seht alle her, was ich mache, wenn sie Giorgio umbringen. Meinen Freund, meinen Kameraden, meinen Bruder Giorgio. Seht her. Der erste, den ich erwische ... die Hände wasch' ich mir in seinem Blut. So!« Und er bückte sich hinab zu dem imaginären Becken, tauchte die Hände hinein und rieb sie mit entsetzlicher Sorgfalt und Zartheit. »So! Nicht nur die Hände. Auch die Arme wasch' ich mir in seinem Blut!« Und er machte dieselbe Bewegung an Unterarm und Oberarmmuskel. »So! Seht her! Wenn sie meinen Bruder Giorgio umbringen!« Er sprach mit der gleichen Weichheit und Klarheit, mit der er sich wusch, doch zuletzt brüllte er ganz laut: »Ihr

Blut will ich! Bis zu den Achseln will ich in ihrem Blut waten!«

Milton wandte sich ab und brach auf, und erst vor dem Torbogen am Dorfausgang blieb er stehen. Lange sah er nach Benevello und Roddino hinüber. Der Nebel hatte sich überall gelichtet, unten haftete er nur noch hie und da wie eine Briefmarke an den schwarzen Hängen. Der Regen fiel dünn und gleichmäßig, ohne die Sicht im geringsten zu behindern. Er drehte den Kopf und schaute nach Alba hinunter. Der Himmel über der Stadt war dunkel, dunkler als anderswo, ausgesprochen violett, ein Zeichen, daß es dort viel heftiger regnete. Es regnete in Strömen auf den gefangenen Giorgio, auf Giorgio, der vielleicht schon tot war, es regnete in Strömen auf seine Wahrheit über Fulvia, löschte sie für immer aus. »Ich werde es nie mehr erfahren. Ich werde durchs Leben gehen, ohne es zu wissen.«

Er hörte, wie jemand hinter ihm gelaufen kam, geradewegs auf ihn zu. Er wollte rasch aufbrechen, um Vorsprung zu gewinnen, schaffte es aber nicht mehr, und schon hatte Frank ihn eingeholt.

»Wohin willst du?« keuchte er. »Du wirst dich doch nicht verdrücken? Du wirst mich doch nicht hier allein lassen. Bestimmt kommt Giorgios Vater heute und fragt, ob wir einen Austausch für seinen Sohn haben. Wenn du dich verdrückst, muß ich ihn ganz allein empfangen und mit ihm sprechen, das bring' ich nicht fertig. Ich hab's schon mal tun müssen, bei den Brüdern von Tom, und ich will das nicht noch mal mitmachen, wenigstens nicht allein. Bleib bitte bei mir!«

Milton deutete auf die Häuser von Benevello und Roddino. »Ich will dort rüber. Falls Giorgios Vater kommt und auch nach mir fragen sollte...«

»Und ob er nach dir fragen wird!«

»Sag ihm, daß ich draußen bin, um einen Austauschgefangenen für Giorgio zu suchen.«

»Kann ich ihm das wirklich sagen?«

»Das kannst du ihm schwören.«

»Wo willst du denn suchen?«

Der Regen fiel spärlich und schwer in großen, schweren Tropfen, einige waren flach wie Geldstücke.

»Ich geh zu Hombre«, antwortete Milton.

»Du willst zu den Roten?«

»Weil wir Blauen keine Gefangenen haben.«

»Angenommen, sie haben welche, dann rücken sie doch niemals einen raus!«

»Ich ... leihe mir einen aus.«

»Nicht einmal leihweise werden sie dir einen geben. So verbittert, wie die sind, so aufgehetzt durch ihre Kommissare, und wütend, weil wir mit Fallschirmabwürfen versorgt werden und sie nicht...«

»Hombre und ich sind gute Freunde«, sagte Milton. »Besondere Freunde. Das weißt du doch. Ich werde ihn bitten, mir den Gefallen zu tun.«

Frank schüttelte den Kopf. »Angenommen, sie hätten einen und gäben ihn dir wirklich... Aber sie haben ja doch keinen, sie machen überhaupt keine Gefangenen ... aber nehmen wir an, sie hätten einen und gäben ihn dir, was machst du dann? Bringst du ihn direkt hierher?«

»Nein, nein«, antwortete Milton und wand die Hände. »Ich würde zuviel Zeit verlieren. Ich schicke den ersten besten Pfarrer vor, der mir begegnet, und tausche den Gefangenen auf dem Hügel von Alba aus, mit den geringsten Formalitäten. Allenfalls lasse ich mich durch zwei von Nicks Männern begleiten.«

Regentropfen zerstoben auf ihren Köpfen und durchnäßten ihre Uniformen, aber sie merkten nur am stärkeren Prasseln auf das Blätterdach der Allee, daß der Regen stärker wurde. »Ausgerechnet jetzt muß es wieder losschiffen«, schimpfte Frank.

»Wir verlieren Zeit«, erwiderte Milton und sprang von der Böschung auf den darunterliegenden Weg. Sein Absatz hinterließ langgezogene, tiefe und glänzende Wunden im Schlamm.

»Milton!« rief Frank. »Du kommst bestimmt mit leeren Händen zurück. Wenn du aber den Mann auftreiben kannst und zum Austausch auf den Hügel über unsere Stadt Alba gehst, mußt du dich hundertmal vergewissern und nach allen Seiten umsehen. Hüte dich vor ihren Tricks und Finten! Verstanden? Du weißt, so ein Austausch ist manchmal eine teuflische Falle!«

# 7

Der Regen war ganz fein, auf der Haut spürte man ihn fast gar nicht, doch der Schlamm der Straße hob sich unter ihm zusehends wie ein Sauerteig empor. Es war fast vier Uhr. Die Straße stieg an. Milton mußte schon bald in der Gegend sein, die von Hombres Brigade beherrscht wurde, darum machte er Augen und Ohren auf und hielt sich am Rande der Straßenböschung. Er war darauf gefaßt, daß ihm bei jedem weiteren Schritt eine Kugel um die Ohren pfeifen würde. Die Roten mißtrauten allen Uniformen und hatten die verdammte Begabung, englische Uniformen mit deutschen zu verwechseln. So behielt er beim Marschieren Abhänge und Büsche im Auge, vor allem auch die Geräteschuppen der Weinberge auf halber Höhe.

Hinter einer Kurve blieb er wie angewurzelt stehen. Vor sich sah er eine unzerstörte kleine Brücke. »Sie ist unzerstört. Intakte Brücke, verminte Brücke.« Er musterte den Verlauf des Wassers und das Fließen, schmutzige Natur oberhalb und unterhalb der kleinen Brücke. Bachaufwärts war das Wasser zu tief eingekeilt, also wollte er es weiter unten versuchen. Er ließ sich auf die Wiese hinab und ging ans Ufer, hielt aber im letzten Augenblick inne. »Ich trau' der Sache nicht. Das stinkt nach Falle. Der begangene Pfad ist viel weiter unten. Die Leute hier werden ihre Gründe haben, wenn sie den Bach dort unten überqueren.« So lief er weiter bachabwärts und kletterte dort über die Felsbrocken, die im Wasser lagen. Dabei wurde er bis an die Waden naß. Das braune Wasser war eiskalt.

Die Straße verlief genau über ihm, doch die Böschung war hoch und steil und glänzte von zähflüssigem Schlamm, der Gras und Steine unter sich begraben und alle Pfade verschluckt hatte. Mit angespanntester Aufmerksamkeit stieg Milton auf, doch schon nach vier Schritten kam er ins Rutschen und glitt wieder hinunter, wobei er sich auf einer Seite ganz schmutzig machte. Er streifte ganze Hände voll Schlamm von sich ab und versuchte es zum zweitenmal. In der Mitte der Böschung verlor er das Gleichgewicht, suchte vergeblich nach Halt und stürzte kopfüber wieder bis ganz hinunter. Er wollte schon schreien, doch dann schloß er den Mund und schlug dabei so heftig mit den Zähnen aufeinander, daß es ein ganzes Stück weit zu hören war. Da er jetzt ohnehin völlig mit Schlamm eingekleidet war, stemmte er sich beim dritten Mal mit Knien und Ellenbogen hinauf. Am Straßenrand setzte er sich hin und begann den Karabiner zu säubern. Da bemerkte er bachaufwärts ein Geräusch von rutschender Erde. Er blickte hinauf und sah einen Wachposten, der eine Rinne im Kalkfelsen links der Straße hinuntergesprungen kam. Das Dorf mußte gleich hinter dem Felsen liegen, denn am Himmel verflog der weiße Rauch zahlreicher Schornsteine.

Der Posten hatte sich breitbeinig mitten auf die Straße gestellt.

»Nimm die Waffe runter, Garibaldi!« sagte Milton laut. »Ich bin Badoglio-Partisan. Ich will deinen Kommandeur Hombre sprechen.«

Der andere senkte kaum wahrnehmbar das Gewehr und winkte ihm, näher zu kommen. Er war fast noch ein Kind, halb wie ein Bauer, halb wie ein Skifahrer gekleidet, auf seiner Mütze leuchtete ein roter Stern.

»Du hast doch sicher englische Zigaretten dabei«, sagte er als erstes.

»Ja, aber der Segen ist fast zu Ende«, und Milton hielt ihm ruckartig das Päckchen *Craven A* hin.

»Sagen wir zwei«, meinte der Junge und bediente sich. »Wie sind sie denn?«

»Ziemlich mild. Also, bringst du mich hin?«

Sie stiegen bergan, und bei jedem Schritt löste Milton Schlamm von seiner Uniform.

»Das ist doch der amerikanische Karabiner, oder? Was für ein Kaliber?«

»Acht.«

»Dann passen seine Patronen also nicht für die *Sten*. Hast du nicht zufällig ein paar *Sten*-Patronen in der Tasche?«

»Nein; was würdest du auch damit anfangen? Du hast ja keine *Sten*.«

»Ich werde mir eine besorgen. Du mußt doch ein paar *Sten*-Patronen dabei haben! Ihr werdet ja durch Fallschirmabwürfe versorgt!«

»Du siehst doch, ich habe einen Karabiner und keine *Sten*.«

»Wenn ich die Wahl gehabt hätte wie du«, sagte der Junge noch, »hätte ich mir eine *Sten* zugelegt. Mit dem Ding da kann man keine Feuerstöße geben, und das macht mir am meisten Spaß.«

Über der ansteigenden Straße tauchte das halb zerfallene Dach eines armseligen Hauses auf, das am Abhang unterhalb der Straße lag. Der Wachposten nahm eine Abkürzung in diese Richtung.

»Das kann doch nicht die Kommandantur sein«, bemerkte Milton. »Das ist allenfalls ein Vorposten.«

Der Junge gab keine Antwort und rutschte den Abhang hinunter.

»Ich will zur Kommandantur«, beharrte Milton. »Ich habe dir gesagt, daß ich ein Freund von Hombre bin.«

Aber der Junge war schon auf den völlig verschlammten Vorplatz gesprungen. Er drehte sich kaum um, als er sagte: »Hier geht's lang. Ich habe den Befehl von Nèmega, alle hierdurch passieren zu lassen.«

An der Hauswand, unter dem vorspringenden Dach, standen und kauerten ein halbes Dutzend Partisanen. Auf der einen Seite war ein halb eingestürzter Laubengang voller Hühnerkäfige; es war dunkel und roch nach Schweiß, nassen Uniformen und Hühnermist.

Einer der Männer blickte auf und sagte mit überraschender Fistelstimme: »Sieh mal an, ein Badoglianer! Welche Ehre für uns! Seht euch bloß an, wie die bewaffnet und ausgerüstet sind, diese armen Teufel!«

»Du kannst dir auch gleich ansehen, wie verdreckt ich bin!« erwiderte Milton in aller Ruhe.

»Ja, und das ist der berühmte amerikanische Karabiner«, meinte ein anderer.

Und ein dritter, mit so viel Bewunderung in der Stimme, daß für Neid kein Platz blieb: »Und das ist der Colt. Den müßt ihr fotografieren. Das ist schon keine Pistole mehr, das ist eine kleine Kanone. Größer als die Llama von Hombre. Stimmt es, daß der ebenso gut schießt wie die Thompson?«

Der Posten war in einen großen Raum vorausgegangen, der, abgesehen von zwei Pritschen und den Überresten eines Backtrogs, ganz kahl war. Man konnte kaum etwas sehen, und der Junge hantierte herum und zündete ein Petroleumlicht an. Es verbreitete nur wenig Licht und einen schwarzen, fettigen Rauch, der zum Niesen reizte.

»Nèmega kommt gleich«, sagte der Junge und war schon wieder draußen, ehe Milton ihn fragen konnte, wer denn dieser Nèmega sei.

Der Junge kehrte nicht zu seinem Posten am Felsen zurück, sondern blieb bei den andern vor dem Haus. Einer von ihnen zielte zum Schein auf einen angeketteten Hund, den Milton im Vorbeigehen nicht bemerkt hatte.

»Was willst du?«

Milton fuhr herum. Nèmega war alt, bestimmt schon dreißig, und hatte ein Gesicht wie die Vorderansicht eines Bunkers, mit Augen und Mund wie Schlitze. Er trug eine wasserdichte Jacke, die unter dem pausenlosen Regen fast den eckigen Zuschnitt einer Pappschachtel angenommen hatte.

»Ich will mit dem Kommandeur Hombre sprechen.«

»Worüber?«

»Das werde ich ihm selber sagen.«

»Und du, wer bist du, daß du mit Hombre sprechen willst?«

»Ich bin Milton von der zweiten Badoglio-Division. Brigade Mango.« Er gab Pascals Brigade an, weil sie größer und bekannter war als Leos Brigade.

Nèmegas Augen waren so gut wie unsichtbar.

»Bist du Offizier?« fragte er.

»Nein, ich bin kein Offizier, aber ich habe Offiziersbefugnisse. Und wer bist du? Bist du Offizier, Kommissar oder Vizekommissar?«

»Weißt du, daß wir auf euch Badoglio-Leute nicht gut zu sprechen sind?«

Milton sah ihn melancholisch und interessiert zugleich an: »Und weshalb?«

»Ihr habt einen Mann aufgenommen, der von uns desertiert ist. Einen gewissen Walter.«

»Das ist alles? Aber das ist einer unserer Grundsätze. Bei uns steht es jedem frei, sich uns anzuschließen oder uns zu verlassen. Vorausgesetzt natürlich, daß er nicht zu den Schwarzen Brigaden geht.«

»Wir sind zu euren Stellungen gegangen, um den Mann zurückzuholen, ihr habt ihn nicht rausgerückt, sondern uns obendrein gezwungen, kehrtzumachen und zu verschwinden, das heißt, ihr habt uns mit den *Brens* verjagt.«

»Wo war das?« seufzte Milton.

»In Cossano.«

»Wir sind aus Mango, aber ich denke, wir hätten genauso gehandelt. Ihr wart im Unrecht, wenn ihr einen Mann zurückverlangt habt, der nichts mehr von euch wissen wollte.«

»Damit wir uns recht verstehen«, erwiderte Nèmega und schnalzte mit den Fingern, »nicht der Mann hat uns interessiert, sondern die Waffe. Er ist mit dem Karabiner desertiert, und die Waffe gehörte der Brigade, nicht ihm. Nicht mal den Karabiner habt ihr zurückgeben wollen, dabei habt ihr doch die Fallschirmabwürfe und werdet so reichlich mit Waffen und Munition versorgt, daß ihr Überfluß habt und sie vergraben müßt. Es stimmt nicht, was Walter, von euch gedeckt, behauptet hat, daß nämlich der Karabiner ihm gehörte und er ihn zur Brigade mitgebracht hat. Die Waffe war Eigentum der Brigade. Von mir aus können solche Kerle wie Walter zu Dutzenden abhauen, aber wir können uns nicht leisten, auch nur eine einzige Waffe zu verlieren. Sag Walter, falls du ihn siehst, er soll sich ja nie hierher verirren und lieber einen weiten Bogen um unser Gebiet machen.«

»Ich will's ihm ausrichten. Ich laß' ihn mir zeigen und werd's ihm ausrichten. Kann ich jetzt mit Hombre sprechen?«

»Kennst du Hombre? Persönlich, meine ich, nicht bloß vom Hörensagen.«

»Wir waren zusammen im Gefecht von Verduno.«

Davon schien er beeindruckt; Nèmega sah fast aus, als hätte man ihn auf frischer Tat ertappt, und Milton schloß daraus, daß Nèmega zur Zeit von Verduno noch nicht in den Hügeln war.

»Aha«, meinte er. »Aber Hombre ist nicht da.«

»Er ist nicht da?! Du leierst mir was von diesem Walter und seinem elenden Karabiner vor, um mir schließlich zu sagen, daß Hombre nicht da ist? Wo steckt er denn?«

»Draußen.«

»Wo draußen? Weit draußen?«

»Auf der anderen Seite vom Fluß.«

»Ich werde noch wahnsinnig. Was macht er denn dort?«

»Das kann ich dir sagen. Benzin. Lösungsmittel, das als Benzin verwendet werden kann.«

»Kommt er bis heute abend nicht zurück?«

»Es wäre ein Wunder, wenn er heute nacht noch vorbeikäme.«

»Ich bin in einer wichtigen und sehr dringenden Angelegenheit hier. Habt ihr einen gefangenen Faschisten?«

»Wir? Wir haben nie welche. Im Augenblick, wo wir sie schnappen, sind sie auch schon hinüber.«

»Wir sind auch nicht zarter besaitet«, sagte Milton. »Ein Beweis dafür ist, daß wir keinen haben und uns deshalb an euch wenden, ob ihr uns nicht einen zur Verfügung stellen könntet.«

»Das sind ja ganz neue Sitten«, erwiderte Nèmega. »Wir sollen ihn euch wohl schenken?«

»Leihgabe. Reguläre Leihgabe. Ist wenigstens der Kommissar da?«

»Wir haben noch keinen. Vorläufig kommt der Divisionskommissar von Monforte manchmal vorbei.«

Nèmega stellte die Petroleumflamme größer und sagte, als er zurückkam: »Was wollt ihr denn mit dem Gefangenen? Gegen einen von euch austauschen? Wann haben sie ihn denn erwischt?«

»Heute morgen.«

»Wo?«

»Am andern Abhang, Richtung Alba.«

»Wie?«

»Im Nebel. Bei uns war es wie Milchsuppe.«

»Ist es dein Bruder?«

»Nein.«

»Also ein Freund von dir? Natürlich, wenn du durch den Schlamm bis hierher gewatet bist, um hier als Bittsteller aufzutreten! Aber könnt ihr euch nicht ein bißchen in der Umgebung umtun und euch selbst einen schnappen?«

»Natürlich«, antwortete Milton. »Unsere Leute streifen schon in der Gegend herum. Daher hätten wir euch den Mann auch sicher bald zurückgeben können. Aber immerhin ist das nicht so einfach wie die Weinlese im September. Es könnte ein paar Tage dauern, und inzwischen, vielleicht gerade während wir hier Worte machen, wird mein Kamerad schon an die Wand gestellt.«

Nèmega fluchte leise, aber kräftig.

»Also, ihr habt keinen?«

»Nein.«

»Früher oder später werde ich Hombre treffen, dann berichte ich ihm von meinem Besuch hier.«

»Du kannst ihm sagen, was du willst«, erwiderte Nèmega trocken. »Ich habe nichts zu fürchten. Ich hab' dir gesagt, daß wir keine Gefangenen haben, und das ist die Wahrheit. Aber warte einen Augenblick, ich hol' einen, der dir sagen kann, warum wir keine haben.«

»Es ist zwecklos...«, hob Milton an, aber Nèmega war schon im Innern des alten Hauses verschwunden und rief: »Paco, Paco.«

Bei diesem Namen fuhr Milton zusammen. Ob es derselbe Paco war, den er kannte? Aber das konnte nicht sein, gewiß war es ein anderer. Und doch konnte es nicht viele Partisanen mit dem Decknamen Paco geben.

Schon wieder hörte er Nèmega in Richtung des Tals nach Paco rufen. Seine Stimme wirkte müde und verhallte.

Milton erinnerte sich an einen Paco, der einmal, zu Beginn des Sommers, Badoglianer gewesen war, im Befehlsbereich Neive. Dann hatte er wegen einer Beschlagnahme mit seinem Kommandeur Pierre Streit gehabt und war verschwunden, ein paar hatten schon vermutet, daß er zur Stella Rossa übergewechselt sei. »Aber dieser Paco kann es nicht sein«, überlegte Milton abschließend.

Und doch war er es tatsächlich, unverändert, dick, schwammig, mit Händen wie Bäckerschaufeln und dem roten Schopf über der gelben Stirn. Bereits beim Eintreten hatte er Milton erkannt. Er hatte seinen Gefühlen schon immer freien Lauf gelassen, und schließlich ging auch Milton etwas aus sich heraus.

»Milton, alter Fuchs, erinnerst du dich noch an Neive?«

»Natürlich. Aber du bist dann abgehauen. War es wegen Pierre?«

»Ach was!« antwortete Paco. »Alle denken, ich hätte mich wegen Pierre aus dem Staub gemacht, aber das stimmt nicht. Neive paßte mir einfach nicht.«

»Mir hat's ganz gut gefallen.«

»Aber mir nicht. Zuletzt riß mir die Geduld, kein Auge hab' ich mehr zugetan. Vielleicht war's bloß Einbildung, aber die Lage dort gefiel mir nicht, und dann paßte mir nicht, daß Neive in zwei Teile zerfiel und daß die Bahnlinie mitten hindurch ging. Am Ende konnte ich sogar die Glocken nicht mehr hören, wenn sie die Stunden schlugen.«

»Und wie geht's dir jetzt bei der Garibaldi?«

»Nicht schlecht. Aber es kommt ja nicht darauf an, ob man rot oder blau ist, es kommt einzig darauf an, so viele Schwarze umzulegen, wie herumlaufen.«

»Du hast recht«, pflichtete Milton ihm bei. »Kannst du mir sagen, ob Hombre einen faschistischen Gefangenen hat?«

Paco schüttelte augenblicklich den Kopf.

»Steck dir eine Englische an«, sagte Milton und hielt ihm das Päckchen hin.

»Ja, ich probier' gern mal eine. Als ich bei den Badoglianern war, haben die Engländer noch nichts abgeworfen.«

»Stimmt es, daß Hombre draußen ist?«

»Ja, am andern Flußufer. Milder Tabak, echtes Damenkraut.«

»Ja. Also ihr habt keinen Gefangenen?«

»Du kommst einen Tag zu spät«, erwiderte Paco leise.

Milton grinste vor Verzweiflung. »Das hättest du mir lieber nicht sagen sollen, Paco. Wer war's denn?«

»Ein Gefreiter von der Littorio.«

»Der wäre gerade das richtige für mich gewesen.«

»Ein spindeldürrer Kerl. Ein Lombarde. Brauchst du einen zum Austauschen? Wen von euch haben sie denn geschnappt?«

»Giorgio«, antwortete Milton. »Ein Kamerad aus Mango. Vielleicht kannst du dich an ihn erinnern. So ein hübscher, blonder Junge, elegant...«

»Ich glaube, ja.«

Milton senkte den Kopf und rückte den Karabiner auf der Schulter zurecht.

»Ausgerechnet gestern«, flüsterte Paco, »ausgerechnet gestern haben wir ihn ins Jenseits befördert.«

Sie gingen wieder auf den Vorplatz hinaus. Die fünf oder sechs anderen waren wer weiß wohin verschwunden, nur der Kettenhund meldete sich, er knurrte wie erstickt und wollte sich auf sie stürzen. Es war schon stockfinster, und es wehte ein irrer Wind. Er machte Wirbel, als ob er sich wie ein Hund um sich selbst drehte, um sich in den Schwanz zu beißen.

Paco begleitete ihn auf die Straße und dann noch ein Stück weiter. »Du bist ein Blauer, den ich schon immer leiden mochte«, sagte er.

Als sie auf der Straße waren, sagte Paco: »Willst du wissen, wie er gestorben ist?«

»Nein. Mir langt's, daß er hinüber ist.«

»Dafür kann ich dir garantieren.«

»Hast du ihn umgelegt?«

»Nein, ich hab' ihn nur eskortiert. Bis in einen Wald, den man von hier nicht sieht. Kaum war es vorbei, hab' ich gemacht, daß ich fortkam. Wer ihn erledigt, soll ihn auch zuschaufeln, oder?«

»Stimmt.«

»Er hat noch zweimal geschrien. Weißt du, was er gebrüllt hat? ›Es lebe der Duce!‹«

»Von mir aus«, sagte Milton.

Es regnete nicht mehr, aber bei dem schrägen Wind tropfte das Regenwasser aus den Akazien auf sie herab. Milton und Paco zitterten heftig. Der große Kalkfelsen verschwamm in der Dunkelheit.

Paco begriff, daß Milton sich nicht länger sträuben würde, und erzählte:

»Gestern hat er's noch den ganzen Vormittag mit seinem dreckigen Duce gehabt. Ich mußte ihn bewachen. Gegen zehn schickte Hombre einen mit dem Motorrad los, um den Pfarrer von Benevello zu holen, weil dieser Gefreite einen Priester wollte. Was den Pfarrer von Benevello angeht, der hat mich gestern zum Lachen gebracht, und jetzt will ich dich auch zum Lachen bringen. Kaum daß er aus dem Beiwagen geklettert ist, läuft er auch schon zu Hombre und redet auf ihn ein: ›Jetzt langt's mir aber, immer bin ich es, der euren Verurteilten die Beichte abnehmen muß! Nächstes Mal holt euch gefälligst den Pfarrer von Roddino. Abgesehen davon, daß er jünger ist als ich und näher bei euch wohnt, bitte ich mir auch mal eine Ablösung aus, ein bißchen Abwechslung, um unseres Herrn Jesu Christi willen!‹«

Milton lachte nicht, und Paco fuhr fort: »Also, der Pfarrer und der Soldat verdrücken sich die halbe Kellertreppe hinunter. Ich und ein anderer mit Namen Giulio standen oben an der Treppe und hätten ihn sofort erledigt, wenn er nur eine falsche Bewegung gemacht hätte. Aber von dem, was die beiden sich erzählten, konnten wir kein Wort verstehen. Nach zehn Minuten kommen sie wieder rauf, und auf der letzten Stufe sagt der Pfarrer zu ihm: ›Ich habe dich mit Gott ins reine gebracht, bei den Menschen kann ich leider nichts für dich tun‹, und macht sich aus dem Staub. Der Gefreite bleibt bei mir und Giulio. Er hat wohl gezittert, aber nicht sehr. ›Worauf warten wir noch? Ich bin bereit‹, sagt er.

Und ich: ›Deine Zeit ist noch nicht gekommen.‹

›Soll das heißen, daß ihr mich heute nicht umlegt?‹

›Heute schon, aber nicht gleich.‹

Da haut es ihn mitten auf den Vorplatz hin, der Schlamm hat nur so gespritzt, und er steckt den Kopf zwischen die Hände. Ich sag' zu ihm: ›Falls du noch einen Brief schreiben willst, den man dem Pfarrer mitgeben kann...‹

Und er: ›An wen sollte ich denn schreiben? Du weißt ja nicht, daß ich der Sohn einer Hure und eines abgefeimten Kerls bin. Oder soll ich an den Präsidenten des Vereins der Findelkinder schreiben?‹

Und Giulio: ›Na ja, in dieser Republik gibt's ja eine ganze Menge Niemandskinder!‹ Gleich danach sagte Giulio zu mir, daß er für fünf Minuten weg muß, weil er was zu erledigen habe, geht und läßt mir seine Waffe da. ›Der geht scheißen‹, sagte der Gefreite, ohne ihm nachzusehen. ›Willst du auch?‹ fragte ich. ›Eigentlich schon, aber was soll's noch?‹

»Dann rauch wenigstens eine Zigarette‹, sage ich und halte ihm die Packung hin, aber er lehnt ab. ›Ich bin's nicht gewöhnt. Du wirst es nicht glauben, aber ich bin das Rauchen nicht gewöhnt.‹

›Rauch doch, besonders stark sind sie nicht, sie sind ganz ordentlich.‹

›Nein, ich bin das Rauchen nicht gewöhnt. Wenn ich jetzt rauche, hör' ich überhaupt nicht mehr auf zu husten. Und ich will doch schreien. Wenigstens das will ich.‹

›Schreien? Jetzt?‹

›Jetzt noch nicht, erst wenn es soweit ist.‹

›Schrei, soviel du Lust hast!‹ sage ich. ›Ich will schreien: es lebe der Duce!‹ verkündet er da. ›Schrei doch, was du willst‹, sag' ich, ›hier regt sich kein Mensch drüber auf. Aber denk daran, daß du dir damit bloß unnütze Mühe machst. Dein Duce ist doch bloß ein feiger Lump!‹

›Ha!‹ macht er, ›der Duce ist ein großer, ein ganz großer Held! Ihr, ihr seid die feigen Lumpen. Und auch wir, seine Soldaten, sind feige Lumpen. Wären wir keine feigen Lumpen, hätten wir nicht so dahingewurstelt, dann hätten wir euch jetzt längst erledigt, dann hätten wir noch auf dem letzten eurer Hügel unsere Fahne gehißt. Aber der Duce ist ein ganz großer Held, und ich werde beim Sterben laut rufen: Es lebe der Duce!‹

Und ich: ›Ich hab' dir schon gesagt, du kannst schreien, was du willst, aber ich sag's noch mal, meiner Meinung nach machst du dir damit bloß unnütze Mühe. Ich bin überzeugt, daß du viel anständiger sterben wirst als er, wenn er einmal dran ist. Und das wird bald sein, wenn's auf der Welt überhaupt noch eine Gerechtigkeit gibt.‹

›Und ich sage dir, der Duce ist ein großer Held, ein Held, wie's noch nie einen gegeben hat, und wir Italiener allesamt, ihr und wir, wir sind bloß Gewürm, das seiner nicht wert ist.‹

Und ich: ›Ich will jetzt nicht mit dir streiten. Aber dein Duce ist doch ein feiger Lump, ein Lump, wie's noch nie einen gegeben hat. Das hab' ich seinem Gesicht angesehen. Hör zu. Vor einiger Zeit ist mir eine Zeitung von damals in die Hände gefallen, aus der Zeit, wo ihr noch ganz groß dastandet, mit einer halbseitigen Fotografie von ihm, und die hab' ich eine Stunde lang studiert. Also, ich hab's in seinem Gesicht gelesen. Und ich sag's nur, weil ich nicht will, daß du dir unnütze Mühe machst und ihn vor deinem Tod hochleben läßt. Mir ist das sonnenklar. Wenn's ihn einmal trifft, wie's dich jetzt trifft, wird er bestimmt nicht wie ein Mann sterben. Nicht mal wie ein Weib. Wie ein Schwein wird er sterben, das sehe ich kommen. Er ist ein unglaublich feiger Lump.‹

›Es lebe der Duce!‹ sagt er diesmal leise vor sich hin und hält den Kopf zwischen den Fäusten. Und ich bin immer noch geduldig und antworte: ›Er ist ein unsäglich feiger Lump. Wer von euch am jämmerlichsten stirbt, der stirbt immer noch wie ein Gott im Vergleich zu ihm. Er ist ein kolossal feiger Lump. Er ist der feigste italienische Lump, den es je gegeben hat, seit Italien besteht, und so einen wie ihn wird's nie wieder geben, und wenn Italien noch eine Million Jahre lang besteht.‹

Und er schon wieder: ›Es lebe der Duce!‹, und immer noch ganz leise. Dann kommt Giulio und sagt: ›Wir sollen uns beeilen, heißt es.‹ Und ich zum Gefreiten: ›Steh auf!‹

›Aber ja‹, sagt er, ›gehen wir aus der Sonne!‹ Dabei regnet es fingerdicke Tropfen.«

Sie waren jetzt in Sichtweite der kleinen Brücke.

»Du brauchst nicht mehr weiter mitzukommen«, meinte Milton. »Es ärgert mich bloß, daß ich mich wieder wie ein Schwein durch den Schlamm wühlen muß.«

»Warum denn?«

»Die Brücke. Sie ist doch vermint, oder?«

»Keine Spur. Woher sollten wir den Sprengstoff nehmen? Und was hast du jetzt vor?«

»Ich geh' zu meinen Leuten zurück.«

»Und wie willst du deinem Kameraden helfen?«

Milton zögerte, dann sagte er ihm, was er vorhatte.

Paco atmete laut durch die Zähne ein. »Sag mal, in welcher Richtung willst du's denn versuchen? Alba, Asti oder Canelli?«

»Asti ist zu weit weg. In Alba bin ich zu Hause, und wenn was schiefgeht . . . es ist mir zuwider, daß mir das in meiner Heimatstadt passieren könnte. Sie würden in ganzen Prozessionen kommen, um mich zu begaffen. Und wenn's Krawall gibt, wenn ich schießen muß, um mich abzusetzen, dann haben sie sofort Giorgio, an dem sie ihre Wut auslassen können.«

»Bleibt Canelli«, sagte Paco, »aber du weißt besser als ich, daß in Canelli die ganze San Marco liegt. Da hast du dir den übelsten Teich zum Fischen ausgesucht.«

»Von hinten gepackt, sind alle Menschen gleich.«

# 8

Anstatt wieder in Treiso bei Leo zu sein, saß Milton um zehn Uhr abends in einem abgelegenen Bauernhaus auf den Ausläufern des Hügels, der auf Santo Stefano und Canelli herabblickt, zwei Wegstunden von Treiso entfernt.

In der Dunkelheit hatte er sich auf sein Gespür verlassen müssen, um das Haus zu finden, aber er kannte es ja aus der Erinnerung. Niedrig war es und windschief, als hätte es einmal einen fürchterlichen Schlag aufs Dach bekommen und sich nie wieder davon erholt. Grau war es, genauso grau wie der Tuffstein in der Talsenke, mit schiefen, kleinen Fenstern, die fast alle mit Brettern vernagelt waren, die Wind und Wetter gebleicht hatten, ringsherum lief ein hölzerner Balkon, der auch schon morsch und mit Blechstücken von Benzinkanistern ausgebessert war. Ein Seitenflügel war abgetragen, die Trümmer lagen um den Stamm eines wilden Kirschbaums verstreut. Das einzige Freundliche an diesem Haus war das neugedeckte Dach, aber es wirkte so erschreckend wie eine rote Nelke im Haar einer alten Dirne.

Milton rauchte und starrte auf das kümmerliche Feuer aus Maiskolbenspindeln. Er hatte der alten Frau den Rükken zugekehrt, die die Abendbrotteller in eine Schüssel mit kaltem Wasser tauchte. Er hatte schon Zivil an und fühlte sich darin nur ungenügend bedeckt. Besonders die Jacke schien ihm so leicht, ganz sommerlich; und er wirkte in ihr noch magerer als sonst. Den Karabiner hatte er in eine Ecke an der Feuerstelle abgestellt, neben ihm auf der Bank lag seine Pistole.

Die Alte sagte, ohne sich umzusehen: »Du hast Fieber. Brauchst nicht mit den Achseln zu zucken. Wenn man doch Fieber hat, soll man nicht mit den Achseln zucken. Du hast zwar nur ein bißchen Fieber, aber gesund bist du nicht.«

Bei jedem Zug hustete Milton oder bemühte sich krampfhaft, seinen Husten zu unterdrücken.

»Diesmal hab' ich dir ein schlechtes Essen vorgesetzt«, sagte die Frau.

»Aber nein! Sie haben mir sogar ein Ei spendiert!«

»Dieses Feuer aus Maisspindeln wärmt nicht, hm? Aber ich muß mit dem Holz sparen. Der Winter wird sehr lange dauern.«

Milton nickte. »Es wird der längste Winter der Weltgeschichte. Sechs Monate Winter.«

»Warum gerade sechs Monate?«

»Ich hätte nie gedacht, daß wir schon einen zweiten Winter durchhalten müssen. Und da soll mir jetzt keiner behaupten, er hätte es vorausgesehen, sonst nenne ich ihn einen Lügner oder Angeber.« Er drehte sich halb zu der Alten um. »Letzten Winter hatte ich eine sehr schöne lammfellgefütterte Jacke. Mitte April hab' ich sie weggeworfen, obwohl sie wunderschön war und ich nur ungern was wegwerfe. Wissen Sie, schon als Junge, ehe ich in den Krieg mußte, hat es mir immer leid getan, die Zigarettenkippen wegzuwerfen, besonders die, die ich nachts im Dunkeln wegwarf. Die Kippen haben mir immer leid getan. Die Pelzjacke hab' ich in der Nähe von Murazzano hinter eine Hecke geworfen. Damals war ich sicher, daß wir die Faschisten vor dem nächsten Winter schon zweimal gestürzt hätten.«

»Und jetzt? Wann wird es endlich vorbei sein? Wann können wir sagen vor-bei?«

»Im Mai.«

»Im Mai!?«

»Darum sage ich ja, daß der Winter sechs Monate dauert.«

»Im Mai«, wiederholte die Frau leise. »Das ist natürlich noch furchtbar lange hin, aber wenn ein so vernünftiger und studierter junger Mann wie du das sagt, so ist es immerhin ein fester Termin. Und was die armen Leute brauchen, ist eben nur ein fester Termin. Von heute abend an will ich glauben, daß unsere Männer ab Mai wieder auf Markttage gehen können wie früher, ohne unterwegs zu sterben. Und die jungen Leute können im Freien tanzen, und die jungen Frauen werden gern schwanger werden, und wir alten Frauen können uns vors Haus setzen, ohne zu fürchten, daß dort ein bewaffneter Fremdling steht. Und im Mai, an schönen Abenden, können wir rausgehen und die Lichter der Dörfer angucken und uns daran freuen.«

Während die Frau sprach und den Sommer des Friedens beschrieb, zeichnete sich ein schmerzlicher Zug auf Miltons Gesicht ab und blieb dort. Ohne Fulvia würde es für ihn keinen Sommer geben, er würde der einzige auf der Welt sein, den es mitten in diesem Sommer frieren würde. Wenn aber Fulvia ihn nach dem Krieg am Ufer dieses stürmischen Ozeans, den er schwimmend durchquert hatte, erwarten würde ... Er mußte sich schon morgen unbedingt Klarheit verschaffen.

An all das konnte er denken, weil die Frau eine Minute lang schwieg und wieder auf den Regen horchte, der auf das Dach trommelte.

»Findest du nicht auch«, sagte sie, »daß der Herrgott es auf mein Dach stärker regnen läßt als anderswo?«

Sie ging an Milton vorbei, schüttete den Rest der Maiskolbenspindeln aus dem Korb ins Feuer und blieb davor stehen, dürr, schmierig, zahnlos, stinkend, ihre Hände, die nur noch Knochenbündel waren, an den Seiten, während Milton sich angestrengt mühte, die junge Frau, das Mädchen in ihr zu sehen, die sie ja einmal gewesen war.

»Und euer Kamerad?« fragte sie. »Der arme Junge, der heute früh das Pech hatte?«

»Keine Ahnung«, antwortete er und starrte krampfhaft auf den Estrich.

»Man sieht, wie sehr du darunter leidest. Habt ihr denn gar nichts für ihn tun können?«

»Nichts. In der ganzen Division gab's keinen einzigen Gefangenen zum Austauschen.«

Die Alte hob die Arme. »Da siehst du, daß man die Gefangenen für die Fälle wie den von heute morgen aufheben soll. Denn ihr habt ja welche gehabt. Einen hab' ich selbst vor ein paar Wochen gesehen, wie er auf dem Pfad vor meinem Haus vorbeikam, die Augen verbunden, die Hände gefesselt, und Firpo hat ihn mit den Knien vorwärtsgestoßen. Vom Hof aus hab' ich ihm zugerufen, er solle doch Erbarmen haben, denn Erbarmen hätten wir vielleicht alle einmal nötig. Wie ein Wilder hat Firpo sich umgedreht und mich eine alte Hexe genannt, und wenn ich nicht gleich verschwände, würde er mir eins aufbrennen. Firpo, der sich wohl hundertmal bei mir sattgegessen und hier geschlafen hat. Siehst du, daß man die Gefangenen aufheben sollte?«

Milton schüttelte den Kopf. »Diesen Krieg kann man nur so führen. Und schließlich herrschen nicht wir über den Krieg, sondern der Krieg beherrscht uns.«

»Kann schon sein«, sagte sie, »aber dort unten in Alba, in diesem verfluchten Ort, der Alba jetzt ist, haben sie ihn inzwischen wohl schon umgebracht. Umgebracht, wie unsereins ein Kaninchen schlachtet.«

»Ich weiß nicht, ich glaube noch nicht. Als ich von Benevello zurückkam, bin ich auf der Straße nach Montemarino Otto vom Abschnitt Como begegnet. Kennen Sie Otto?«

»Otto kenne ich auch. Mehr als einmal hat er hier gegessen und geschlafen.«

»Otto wußte überhaupt noch nichts. Sein Abschnitt liegt Alba am nächsten. Otto hätte es gewußt, wenn sie ihn schon umgebracht hätten.«

»Dann braucht man also bis morgen nichts zu befürchten?«

»Das ist nicht gesagt. Beim letzten Mal haben sie einen von uns um zwei Uhr morgens erschossen.«

Die Alte hob die Hände zum Kopf, aber legte sie nicht an ihn.

»Wenn ich mich nicht irre, war er aus Alba, wie du.«

»Ja.«

»Wart ihr Freunde?«

»Wir sind gleichaltrig.«

»Und du?«

»Was, und ich?« fuhr Milton auf. »Ich ... was kann ich denn dran ändern?«

»Ich wollte sagen, daß du genausogut an seiner Stelle hättest sein können.«

»Ja, stimmt.«

»Hast du daran gedacht?«

»Ja.«

»Und hast du nicht...?«

»Nein. Überhaupt nicht. Ich bin entschlossener denn je.«

»Lebt deine Mutter noch?«

»Ja.«

»Und an sie denkst du nicht?«

»Doch. Aber immer erst danach.«

»Wonach?«

»Wenn die Gefahr vorbei ist. Vor oder in der Gefahr nie.«

Die Alte seufzte und lächelte beinahe, mit einer fast glücklichen Erleichterung.

»Ich war so verzweifelt«, sagte sie, »ich hab' mich so abgequält, daß sie schon drauf und dran waren, mich ins Irrenhaus zu schaffen...«

»Was sagen Sie da?«

»Ich rede von meinen beiden Söhnen«, erwiderte sie und lächelte, »die mir im Jahre zweiunddreißig am Typhus gestorben sind. Einer war einundzwanzig, der andere zwanzig. Ich war so verzweifelt, so außer mir war ich, daß mich selbst die einliefern wollten, die mich wirklich gern mochten. Jetzt aber bin ich froh. Jetzt, wo der Schmerz mit der Zeit vergangen ist, bin ich froh und ganz ruhig. Wie gut haben's meine Söhne selig, wie gut haben sie's unter der Erde, in Sicherheit vor den Menschen...«

Milton bedeutete ihr zu schweigen, indem er eine Hand hob. Er packte den Colt und richtete ihn auf die Tür. »Ihr Hund!« sagte er leise zu der Alten. »Es gefällt mir nicht, wie er sich aufführt.«

Der Hund draußen knurrte dumpf, man konnte es durch das eintönige Geräusch des Regens deutlich hören. Milton hatte sich halb von der Bank erhoben und hielt die Pistole immer noch auf die Tür gerichtet.

»Laß dich nicht stören«, sagte die Alte lauter als sonst. »Ich kenne das Tier. Der knurrt nicht etwa, weil Gefahr droht, sondern weil er mit sich selbst beschäftigt ist. Ein Hund, der sich selber nicht ausstehen kann, der sich noch nie hat ausstehen können. Es sollte mich nicht wundern, wenn ich eines Morgens auf den Hof käme und sähe, daß er sich mit den eigenen Pfoten aufgehängt hat.«

Der Hund mühte sich immer noch ab. Milton horchte noch eine Weile, dann legte er die Pistole beiseite und setzte sich wieder. Die Alte hatte sich hinten in die Ecke weitab vom Küchenteil zurückgezogen.

Plötzlich wandte sie sich neugierig Milton zu und fragte, was er gesagt habe.

»Ich hab' nichts gesagt.«

»Freilich hast du was gesagt.«

»Nicht, daß ich wüßte.«

»Ich bin alt und sollte es, was die gesunden Sinne betrifft, nicht mit einem Kerl von zwanzig Jahren aufnehmen. Aber du hast von vier zusammen mit was anderem gesprochen. Vielleicht hast du einer von den vieren gesagt.«

»Möglich, aber ich hab' es nicht gemerkt.«

»Es ist noch keine Minute her. Hast du an was gedacht mit 'ner vier drin?«

»Ich erinnere mich nicht. Hier ist ja keiner mehr normal. Bloß der Regen ist noch normal.«

Tatsächlich hatte er intensiv an »einen der vier« gedacht und hatte es zuletzt offenbar laut gesagt. Und er dachte weiter daran, während ihm aus dem Hirn der durchdringende Gestank nach gekochter Rinderlunge in die Nase stieg, der an jenem Morgen die Osteria von Verduno erfüllt hatte.

Es war das erste Mal, daß Blaue und Rote zusammen gekämpft hatten. Der Abschnitt von Verduno wurde von den Badoglianern kontrolliert, während der folgende Hang von einer Roten Brigade unter dem Kommando von Victor, dem Franzosen, besetzt war. Ein Bataillon des Regiments von Alba war bereits unten im Tal zu sehen. Sie hatten Infanterie und Kavallerie, aber die Kavallerie war erst im letzten Augenblick hinzugestoßen. Ihre Infanterie rückte ganz planlos vor, ohne sich durch eine Vorhut abzusichern, ohne Flankenschutz, ohne alles. Victor, der schon auf dem Dorfplatz war, hatte sie lange durch sein Fernglas beobachtet, dann sagte er: »Nehmen wir sie nicht unter Feuer, während sie anrücken, sollen sie denken, das Dorf sei nicht verteidigt und friedlich, dann empfangen wir sie auf den Straßen und auf dem Platz, *à bout portant\**, urplötzlich. Sie merken's erst, wenn sie in der Falle sitzen, die Trottel. Die sind schwachsinnig oder besoffen, seht ihr?« Zur Beratung hatten sie sich in die Osteria zurückgezogen, wo es so ekelhaft nach gekochter Rinderlunge stank. Edo, der badoglianische Kommandeur, war gegen Victors Plan, weil das Dorf nachher fürchterlichen Vergeltungsmaßnahmen ausgesetzt wäre. Es sei viel besser, hatte er gemeint, regulär außerhalb des Dorfes, auf offenem Feld zu kämpfen, und wie immer das Treffen ausgehen mochte, hätte das Dorf dann keine Repressalien zu befürchten.

»Typisch ist das, typisch blau!« flüsterte Hombre, der damals noch einfacher Gruppenführer war, zu Milton hinüber. Milton und ein paar andere Blaue unterstützten Victors Plan, aber Edo rückte nicht von seiner regulären Linie ab. Er dachte wie ein Berufsoffizier, und vor allem war er überzeugt, daß, mochte der Endsieg auch gewiß sein, die Partisanen bis dahin alle kleinen und größeren Kämpfe unweigerlich verlieren würden. Da sagte Victor, halb französisch und halb italienisch: »Verdun ist euer Befehlsbereich, aber ich sitze drin und ziehe mich nicht zurück. Verteidigt ihr es doch von draußen, ich werde es von drinnen verteidigen. Und Verdun wird auf jeden Fall hineingezogen, denn allein mit meinen Streitkräften kann ich sie nicht aufhalten.« Das überzeugte auch Edo, und er gab nach.

Man war also übereingekommen, sie im Dorf selbst zu überrumpeln und vorher nicht das geringste Lebenszeichen zu geben. Milton hatte hinter der Brüstung, die den Dorfplatz umgab, Stellung bezogen, neben ihn hatte sich aus-

---

\* Frz.: aus allernächster Nähe

gerechnet Hombre hingekauert. Gemeinsam beobachteten sie, wie die Faschisten sich heraufschleppten. Ein Teil zog die Straße entlang, ein anderer kürzte über die Felder und Wiesen ab. Diese Männer hatten es schwerer, sie rutschten oft aus, vor knapp einer Woche erst war der letzte Schnee weggetaut, und wären die Offiziere nicht gewesen, so wären sie alle miteinander über die Straße heraufgetrottet wie eine Herde. Jetzt waren sie schon so nah, und die Luft war so klar, daß Milton aus seinem höheren Blickwinkel gut erkennen konnte, wer von ihnen einen Bart und einen Schnurrbart oder keinen hatte, wer eine Schnellfeuerwaffe trug und wer einen Karabiner. Dann wandte er sich um und betrachtete die Aufstellung im Dorf; neben der Dorfwaage hatten Victor und das Gros seiner Leute mit dem Saint-Etienne Stellung bezogen. Auf der anderen Seite standen seine Blauen mit dem amerikanischen MG. Sie blieben noch einige Augenblicke hinter der Brüstung, dann krochen sie auf allen vieren zurück, und Milton gesellte sich zu den Badoglianern, die unter den Arkaden des Gemeindebüros standen. Hombre ging nicht zu seiner Gruppe, er sonderte sich so weit wie möglich ab und zog sich hinter die Ecke des Tabakladens zurück. Der erste, der heraufkam – ein großer, dicker Unteroffizier mit einem Schnauzbart – tauchte genau vor dem Tabakladen auf. Hombre beugte sich vor und mähte ihn von der Ecke aus nieder. Nicht auf den Körper zielte er, sondern auf den Kopf, und man sah den halben Schädel mitsamt dem Helm des Unteroffiziers davonfliegen.

Hombres Feuerstoß war der Auftakt zur allgemeinen Feuereröffnung. Die Faschisten gaben nur wenige Schüsse ab, sie waren zu erschrocken und kamen gar nicht mehr zur Besinnung. Victors Saint-Etienne richtete das größte Blutbad an. Nachher zählte man auf der Straße vor der Waage achtzehn Gefallene, jeder mit Blei gefüllt für zwei. Vor der

Waage war die Straße gepflastert und abschüssig, dort rann das Blut wie Wein, und Gehirnfetzen schwammen obenauf. Milton erinnerte sich, daß Giorgio Clerici sich übergab und ohnmächtig wurde und daß sie ihn wie einen Schwerverwundeten pflegen mußten.

Jetzt waren keine Schüsse mehr zu hören, nur noch Geschrei. Die noch lebenden Faschisten schrien und auch die Leute in den Häusern. Um sich von den Straßen zu retten, waren die Soldaten trotz der Verbarrikadierungen in die Häuser eingedrungen, sie hatten sich unter Betten und Backtrögen versteckt, sogar unter den Röcken der Alten, in den Ställen unterm Futter und zwischen den Tieren. In einer Seitengasse hörte man Victor daherstampfen wie ein Pferd und laut brüllen: »En avant! En avant, bataillon!«

Auf einmal war Milton allein, er wußte gar nicht wie, unversehens und vollkommen allein, wenn man von den Leichen absah. Mitten in diesem Schweigen und in dieser vollkommenen Wüste zitterte er. Dann hörte er behutsame Schritte, zog sich hinter einen Pfeiler zurück und brachte seine Waffe in Anschlag. Aber es war Hombre. Sie gingen aufeinander zu wie Freunde, wie Brüder. Man vernahm wieder Geschrei und Schüsse, aber es war nur die Siegesfeier ihrer Leute. Sie standen neben der Kirche, und ihnen war, als hörten sie leises Trappeln wie von Leuten, die auf Zehenspitzen laufen, um sich zu verstecken. Hombre sah in fragend an, und Milton nickte. »In der Kirche«, flüsterte Hombre, und sie gingen vorsichtig hinein. Drinnen war es schattig und kühl. Zuerst suchten sie in der Taufkapelle, dann im ersten Beichtstuhl. Nicht ein Atemzug war zu hören. Hombre warf einen Blick zum Chor hinauf, dann suchte er eine Kirchenbank nach der anderen ab. So durchkämmten sie die Kirche bis zum Hauptaltar. Und da kam ein Soldat mit erhobenen Händen hinter dem Altar hervor und sagte mit einer Stimme wie ein Mädchen: »Wir sind hier hinten.« Er hatte so große Angst, daß er fast erleichtert war, sich stellen zu können. Hombre lächelte ihm leicht zu und sagte dann leise und sanft mit dem Ton eines Alten, der einen Lausbubenstreich schon in dem Augenblick verzeiht, wo er ihn entdeckt: »Kommt alle raus!« Es waren vier, die mit erhobenen Händen hinter dem Altar hervorkamen, und als sie sahen, wie Milton und Hombre sich verhielten, ruhig und überlegen, ohne Fußtritte, Fausthiebe und Beschimpfungen, atmeten sie auf.

Sie verließen die Kirche. Die Sonne erschien ihnen jetzt doppelt warm und strahlend. Die vier Gefangenen zwinkerten verwundert mit den Augen und blickten einmal auf Hombres roten Stern und dann wieder auf Miltons blaues Halstuch. Ihre Waffen hatten sie wohl schon lange vorher fortgeworfen.

Milton sah, daß sich das Gros ihrer Einheit schon außerhalb des Dorfes auf dem Weg zum Hügelkamm befand, und er meinte zu Hombre, sie sollten den andern schleunigst folgen. Sie ließen die Häuser hinter sich und stiegen schräg den Hügel hinauf. Der Hügel war nicht sehr hoch, aber ziemlich bucklig und ohne jede Pflanze oder Hecke.

Plötzlich bemerkte Milton eine Bewegung in den hintersten Reihen der Abteilung, die ihnen etwa dreihundert Meter voraus war. Eine Bewegung, die alles durcheinanderbrachte in einem jähen und verzweifelten Alarm, und gleich darauf hämmerte ihm der Galopp vieler Pferde in den Ohren. Die Abteilung war durcheinandergebracht, aber Victor hatte seine Leute blitzschnell wieder beisammen und tat das einzig Richtige. Er befahl, so schnell wie möglich bis zum Hügelrücken vorzudringen und auf der anderen Seite den Abhang hinunterzurutschen; die Pferde konnten ihnen auf dem Steilhang nicht folgen. Die Leute erreichten den Rand, glitten im Nu hinunter und wußten sich gerettet, Milton und Hombre aber waren dem Angriff ausgesetzt. Sie waren weit zurück, zweihundert Schritt vom Hügelkamm entfernt. Rennend hätten sie es schaffen können, aber die andern vier hatten die Lage erfaßt und zögerten. »Lauft!« befahl Hombre. »Lauft, was das Zeug hält!« Die aber trippelten wie Weiber. Milton warf einen Blick hinunter und sah, wie die ersten Pferde den Hang hinaufkletterten, ihre Flanken dampften wie Öfen. Die Gefangenen hatten sich etwas verteilt, der unterste war vielleicht noch hundert Meter von den ersten Pferden entfernt und machte den Reitern Zeichen. Diese schossen noch nicht, wegen der Entfernung und weil sie bei dem Galopp ihre Kameraden hätten treffen können. Sie erkannten sie am Graugrün der Uniformen, während Hombre und Milton farbiger gekleidet waren.

»Was sollen wir tun?« rief Hombre. Und Milton: »Entscheide du!« Doch beiden standen die Haare zu Berge. Die Pferde waren jetzt etwa achtzig Schritt entfernt, sie galoppierten schräg heran. Da brüllte Hombre die vier an, sie sollten sich zusammenschließen, und zwar in so befehlendem Ton, daß sie augenblicklich gehorchten, und als Hombre sie in einem Haufen beisammen hatte, feuerte er sein ganzes Magazin auf sie ab. Wie ein Bündel stürzten sie hinunter, dann aber kollerte jeder Tote für sich allein und immer schneller der Kavallerie entgegen, und die Reiter schrien entsetzt auf. Dieser Schrei rüttelte Milton aus seiner Erstarrung auf, und wie eine Rakete schnellte er davon. Die Reiter schossen, aber es wäre Zufall gewesen, wenn sie getroffen hätten, obwohl sie nur noch fünfzig Schritt entfernt waren. Gemeinsam erreichten sie den Hügelkamm und stürzten sich hinunter. Unten angekommen, spähten sie durch die Farne hinauf zum Kamm, aber die Pferde waren noch nicht zu sehen.

Milton stand auf und massierte sich die Brust, die ihm überall weh tat.

»Warum bleibst du nicht zum Schlafen da?« fragte die Alte. »Ich hab' keine Angst, dich zu beherbergen. Ich weiß schon, daß es eine schlaflose Nacht geben wird und auch einen ruhelosen Morgen.«

Er hatte die Waffe wieder in die Pistolentasche gesteckt und schnallte den Gürtel unter der Jacke zu.

»Danke, aber ich will heute noch auf den Hügel. Ich will beim Erwachen den Hügel nicht erst vor mir haben.«

Durch Mauer und Finsternis und Regen konnte er den Hügel sehen, sehr hoch, er wogte regungslos über dem Haus mit seinen riesigen Kuppen.

Die Alte blieb hartnäckig. »Ich kann dich wecken, wann du willst, damit du morgen auf den Hügel steigen kannst. Ich kann dich auch um drei Uhr nachts wecken. Mich stört das nicht. Ich schlafe kaum noch. Ich liege nur da, mit weitgeöffneten Augen, und denke an nichts oder an den Tod.«

Er tastete sich ab, um festzustellen, ob alles in Ordnung war, kontrollierte die beiden Magazine und die zehn losen Patronen im Gürteltäschchen. »Nein«, sagte er dann, »ich will oben auf dem Hügel schlafen, damit ich, wenn ich aufwache, nur noch hinunterzusteigen brauche.«

»Weißt du schon, wo du haltmachst?«

»Ich kenne einen Heuboden genau unter dem Kamm.«

»Bist du denn sicher, daß du ihn bei dieser Dunkelheit und dem starken Regen findest?«

»Ich finde ihn bestimmt.«

»Kennen dich die Leute?«

»Nein. Wahrscheinlich werde ich sie nicht mal wecken. Hauptsache, daß der Hund nicht anschlägt.«

»Du wirst eine Ewigkeit brauchen, bis du oben bist.«

»Anderthalb Stunden.« Milton ging einen Schritt auf die Tür zu.

»Warte wenigstens, bis der Regen...«

»Wenn ich warten wollte, bis der Regen nachläßt, wäre ich morgen mittag noch hier.« Er ging einen weiteren Schritt auf die Tür zu.

»Was hast du denn vor, so in Zivil?«

»Ich hab' eine Verabredung.«

»Mit wem?«

»Mit einem vom Befreiungskomitee.«

Die Alte sah ihn mit harten, farblosen Augen an.

»Sieh dich bloß vor, zwei Tote sind schlimmer als einer!«

Milton senkte den Kopf. »Ich lasse Ihnen meine Waffe und die Uniform hier«, sagte er.

»Vorläufig bleibt alles unter meinem Bett versteckt«, erwiderte sie. »Aber morgen früh, wenn ich aufstehe, pack' ich's in einen trockenen Sack und versenke ihn im Brunnen. In der Mitte des Brunnens ist ein viereckiges Loch, da steck' ich deinen Sack rein, das ist gar nicht so schwer, wenn man eine lange Stange und die Kette nimmt. Laß mich nur machen.«

Milton nickte. »Im übrigen haben wir uns verstanden. Wenn ich übermorgen abend nicht wieder hier bin, geben Sie den Sack Ihrem Nachbarn und schicken ihn damit nach Mango. In Mango soll er den Sack dem Partisanen Frank geben und ihm sagen, er soll ihn Leo schicken, dem Kommandeur der Brigade Treiso. Und falls sie fragen sollten, warum und wieso, soll er einfach sagen: ›Milton ist abgehauen, er hat Zivil angezogen und ist nicht zurückgekommen.‹«

Die Alte erhob den Finger gegen ihn. »Du wirst aber übermorgen abend zurück sein.«

»Morgen abend sehen Sie mich wieder«, antwortete Milton und öffnete die Tür.

Der Regen fiel in dichten, schweren Tropfen, die riesige Hügelmasse war im Dunkel vollkommen aufgelöst, der Hund rührte sich nicht. Milton ging mit gesenktem Kopf.

Von der Tür aus rief die Alte ihm nach: »Morgen abend bekommst du was Besseres zu essen als heute. Und denk auch hin und wieder an deine Mutter!«

Milton war schon weit weg, von Wind und Regen gepeitscht, marschierte er blindlings, aber zielstrebig den Pfad hinauf und summte dabei *Over the Rainbow*.

# 9

Von einem Hügelvorsprung sah Milton auf Santo Stefano hinunter. Das große Dorf lag verlassen und stumm, aber schon vollends wach, wie die Schornsteine mit ihrem dichten, weißen Qualm kundtaten. Verlassen war die Straße, die das Dorf mit der Bahnstation verband, und auch auf der schnurgeraden Straße nach Canelli war niemand zu sehen, obwohl er die gerade Landstraße bis jenseits der eisernen Brücke, bis zum Hügelkamm, der Canelli verbarg, einsehen konnte.

Er sah flüchtig auf die Uhr an seinem Handgelenk. Sie zeigte ein paar Minuten nach fünf, aber sicher war sie über Nacht nachgegangen. Es war mindestens sechs Uhr.

Die Erde war durchweicht und schwarz, es war nicht sehr kalt, und der Himmel, obwohl grau, war leicht und weit, wie er sich schon seit Tagen nicht mehr gezeigt hatte. Miltons Hose war bis zu den Schenkeln mit Schlamm beschmutzt, und seine schweren Schuhe waren zwei Lehmklumpen.

Er stieg nach Santo Stefano hinunter, umging die großen, skelettartigen Sträucher und hielt nach der Stelle Ausschau, wo ein Steg über den Belbo führt. Jedesmal, wenn er auf einen Vorsprung kam, konnte er ein Stück des Wildbachs sehen. Das Wasser war dunkel und breiig, aber noch war es nicht über die Ufer getreten und der Steg gewiß unbeschädigt. Allein der Gedanke, den Bach durchwaten zu müssen, schüttelte ihn wie Fieber. Es ging ihm schlecht, besonders schmerzten ihn die Lungen, und es schien, als ob sie sich mit Zacken aus metallenen Knorpeln gegeneinanderrieben. Mit jedem Schritt wuchs in ihm ein Gefühl von absoluter Schwäche und Elend. »In dieser Verfassung kann ich es nicht schaffen, ich kann's nicht mal versuchen. Ich müßte fast hoffen, daß sich mir die Gelegenheit nicht bietet.« Aber er stieg weiter hinab.

Immerhin hatte er im Heuboden, unterhalb der Wasserscheide, ausgezeichnet geschlafen. Er war sofort eingeschlafen, hatte gerade noch Zeit gehabt, sich im Heu zu vergraben und sich ein Luftloch vor den Mund zu machen. Der Regen prasselte auf das intakte Scheunendach, sehr heftig und angenehm. Ein bleierner Schlaf ohne Träume, ohne Alpdrücken, ohne den leisesten Gedanken an die schwierige, schreckliche Sache, die er morgen zu erledigen hatte. Ein Hahnenschrei hatte ihn geweckt, das Jaulen eines Hundes im Tal und das Ausbleiben des Regens. Sofort war er aus dem Heuhaufen hervorgekrochen. Mit einem Ruck hatte er sich aufgesetzt und war dann an den Rand des Heubodens gerutscht, wo er mit in der Luft baumelnden Beinen sitzenblieb. Da packte ihn auf einmal das volle Bewußtsein von sich selbst, Fulvia, Giorgio und den Krieg. Er erschauderte, es war ein einziger nicht enden wollender Schauder, den er bis in die Fersen spürte, und er wünschte sehnlichst, die Nacht hätte dem Tag etwas mehr standgehalten. Jetzt kam der Bauer aus dem Haus, schritt durch den Schlamm auf den Stall zu, etwas schemenhaft noch in dem fahlen Licht. Milton rieb sich das Kinn, und das fast metallische Geräusch, das seine langen, spärlichen Barthaare erzeugten, war meterweit im Umkreis zu hören. Der Bauer blickte nach oben und erstarrte. »Hast du die Nacht da oben verbracht? Na, um so besser. Es ist nichts passiert, und ich hab' ruhig geschlafen. Hätte ich gewußt, daß du unter meinem Dach steckst, ich hätte kein Auge zugetan. Und jetzt komm runter!« Milton sprang mit beiden Beinen auf den Hof, landete mit einem derben Schlag auf dem Boden, der Schlamm spritzte nach allen Seiten. Er blieb stehen, den Kopf gebeugt, und betastete seinen Gürtel. »Du wirst Hunger haben«, sagte der Bauer, »aber ich hab' wirklich nichts zu essen für dich. Ich könnte dir allenfalls ein Stück Brot geben...« – »Nein, danke.« – »Oder willst du ein Gläschen Grappa?« – »Ich bin doch nicht wahnsinnig!«

Es war falsch, daß er das Brot ausgeschlagen hatte, jetzt kam er sich leer und ohne Halt vor, und er sagte sich, daß es klüger wäre, in irgendeinem einsamen Haus um Brot zu bitten, ehe er sich Canelli bis auf Sichtweite näherte.

Er war auf der Höhe des Wildbachs angelangt und ging eilig auf den Steg zu. Dann merkte er, daß er zu weit nach unten abgekommen war, und so mußte er wieder ungefähr fünfzig Schritt bachaufwärts laufen.

Er überquerte auf dem morschen und schiefen Fußsteg. Das Dorf jenseits des Geröllfelds war immer noch vollkommen ohne Laut, kribbelig vor Stille.

Der Geröllstreifen war breit, die Steine lagen in einem Bett aus lebendigem Schlamm, wackelten und wichen ihm unter seinen Füßen aus. Er sah keinen Menschen, nicht einmal eine alte Frau, nicht einmal ein Kind an einem Fenster oder auf den Balkons der höhergelegenen Häuser, die den Dorfplatz nach dieser Seite hin begrenzten.

Er wollte sich durch eine enge Gasse, die er kannte, bis auf den Platz vorpirschen, diesen rasch überqueren, das Dorf am andern Ende wieder verlassen und rechts von der Straße nach Canelli wieder aufs freie Feld hinauslaufen. Auch wenn diese Gegend von den Roten kontrolliert wurde und ihn mit neunundneunzigprozentiger Wahrscheinkeit eine ihrer Patrouillen stellen würde. »Wer bist du, zu welchem Kommando gehörst du, warum bist du in Zivil, was hast du in unserm Gebiet zu suchen, kennst du unser Losungswort...?«

Er ging rascher auf das Gäßchen zu, über Kiesel, durch verfaulte Brennesselbüsche, als ihm das Motorengebrumm der Kolonne in die Ohren dröhnte. Sie brauste in voller Fahrt über das letzte Stück der geraden Strecke vor dem Ort, sechs oder acht Lkw mußten es sein. Kein einziger Schrei, kein Zucken erfüllte das Dorf, das schon von der Welle dieses Eintreffens umstürmt war. Doch aus einem Haus, das weiter oberhalb am Bach lag, rannte ein halbnackter Mann über die Steine dem Belbo zu. Er rannte so schnell, daß die Steine unter seinen Absätzen wie Geschosse aufstoben. Eilends durchwatete er den Wildbach und war im nächsten Augenblick im Gehölz am Fuß des Hügels verschwunden.

Dem Motorengeräusch nach zu schließen, fuhr die Kolonne jetzt langsamer, um auf den Platz einzubiegen. Da rannte auch Milton auf den Belbo zu, und zwar auf das Uferstück, das am dichtesten bewachsen war und ihm am meisten Schutz bot. Irgend etwas knallte hinter ihm, wahrscheinlich war es aber nur ein Fensterladen, der heftig zugeschlagen wurde.

Er drang ins Wasser ein, es war so kalt, daß es ihm Atem und Sicht nahm. So watete er blindlings hindurch, und als er festen Boden unter den Füßen spürte, versteckte er sich hinter einem Farnbüschel. Er warf einen prüfenden Blick auf den Hügel hinter sich, sah ihn leer und ruhig, dann wandte er sich um, weil er das Dorf im Auge behalten wollte, und diese halbe Umdrehung genügte, um zu erkennen, wie sehr der Schlamm ihn in der Bewegung behinderte.

Die Motoren wurden abgestellt, gleich darauf hörte Milton, wie die Soldaten vom Wagen sprangen, wie sie sich im

Laufschritt nach allen Seiten zerstreuten, um den Platz zu besetzen, wie die Offiziere ihre Befehle riefen. Es war die San Marco aus Canelli.

Im selben Augenblick sah er sie auch. An der Ecke des letzten Hauses zur Linken erschien eine Gruppe, die ein bereits montiertes Maschinengewehr zur Belbo-Brücke schleppte. Milton schob sich kriechend zurück, um die Entfernung zwischen sich und dem MG auf der Brücke, die nur knapp sechzig Schritte betrug, zu vergrößern.

Sie brachten das MG an der Brüstung in Stellung, schwenkten es langsam über das Massiv des riesigen, gewaltigen Hügels, der steil zum Belbo abfiel, und richteten es endgültig auf die letzte Kurve der Straße vom Hügel, die Milton heruntergekommen war. Gleich danach traf ein Offizier vom Platz ein. Er schien die Ausrichtung des Maschinengewehrs zu billigen und begann mit den Soldaten zu plaudern. Schon von weitem konnte man sehen, daß er sich bei ihnen beliebt machen wollte. Unvermittelt nahm er die Baskenmütze ab, fuhr sich mit der Hand durch sein blondes Haar und setzte die Mütze wieder auf.

Genau das richtige Austauschobjekt für Giorgio, dachte Milton. Doch war er sicher, daß ihm der Offizier nicht in die Hände fallen würde, ja nicht einmal der letzte seiner Soldaten, der ihm ebenso zupaß gekommen wäre. Die Soldaten waren kaum fünf Minuten da, als Milton klar wurde, daß ihr Ausrücken, das ihm die Beute auf halbem Wege entgegengebracht hatte, ihn nur zwingen würde, seine Strecke nach Canelli zu verdoppeln, die ebene Strecke in einen Aufstieg zu verwandeln, und beim bloßen Gedanken daran kam er sich vor wie eine Ameise, die einen Felsblock umgehen muß.

Das Wasser schwappte in seinen Schuhen, ein krampfartiger Schüttelfrost packte ihn, wie ein Brechreiz, dem kein

Erbrechen folgt. Dann spürte er einen starken Hustenreiz in der Kehle aufsteigen, er stieß den Kopf in den gekrümmten Arm, sein Mund klebte fast am Schlamm, um so leise wie möglich zu husten. Der Husten platzte schlagartig heraus, er sah rote und gelbe Sterne hinter den zusammengepreßten Augen und wand sich auf der Erde wie eine Schlange. Dann sah er mit schlammverschmierten Lippen wieder zur Brücke hinüber. Die Soldaten hatten nichts gehört, sie rauchten und ließen den Hügel nicht aus den Augen. Der Oberleutnant war auf den Platz zurückgekehrt.

Plötzlich kam ihm der entsetzliche Gedanke, er könnte bei all den Stürzen und Stößen die Pistole verloren haben. Mit angehaltenem Atem tastete er langsam nach der Pistolentasche und klopfte mit der Hand darauf. Sie war da.

Vom Kirchturm schlug es sieben Uhr. Dann schlug es noch einmal. Kein Zivilist hatte sich bis jetzt blicken lassen, nicht das unschuldigste Kind, keine Urgroßmutter, kein Krüppel. Die Häuserreihe mit Aussicht auf den Wildbach sah aus wie eine Friedhofsfassade. Milton malte sich aus, wie die Soldaten auf dem Dorfplatz patrouillierten, während ihre Offiziere in den beiden Kaffeebars etwas Warmes tranken und zu den Serviererinnen aufdringlich wurden. »Du hast einen Schatz bei den Partisanen. Uns kannst du nichts vormachen. Wie stellen sich denn die Partisanen in der Liebe an?«

Andere Soldaten waren nicht zu sehen. Milton beobachtete lange die Männer auf der Brücke. Sie rauchten ununterbrochen und behielten alles ringsum im Auge. Irgend etwas im Kiesbett unterhalb der Brücke in Richtung Kirche schien ihr besonderes Interesse zu erregen. Auch Milton starrte angestrengt dorthin, sah unter dem Brückenbogen hindurch und bemühte sich vergeblich herauszufinden, was es dort so Interessantes gäbe. Aber dann brach einer der Soldaten in Gelächter aus, und die andern stimmten ein. Jetzt deutete einer ganz unvermittelt mit dem Finger mitten auf den gewaltigen Hügel, und ein paar warfen sich hinter das Maschinengewehr. Aber sie unternahmen nichts, und einen Augenblick später drängten sich alle um den, der hinübergedeutet hatte, und schlugen ihm auf den Rücken.

Nichts zu machen. Im äußersten Fall würde einer von ihnen auf das Geröllfeld hinuntersteigen, um seine Notdurft zu verrichten, in Sichtweite und beschützt von seinen Kameraden auf der Brücke. Allenfalls würde einer sich aus Prahlerei allein bis zur verlassenen Straße des Hügels vorwagen, doch auch da hätte Milton ihn nicht gefangennehmen können. Nur umlegen hätte er ihn können, vorausgesetzt, daß er traf.

Er hustete laut, ohne sich dabei in acht zu nehmen, dann kroch er auf allen vieren zum Fuß des Hügels zurück. Als er die Pappeln erreicht hatte, richtete er sich auf, und seine Knochen knackten dabei wie Reisig. Auf dem erstbesten Pfad, den er sah, stieg er wieder hügelan. Sicher war er noch in Reichweite des MGs auf der Brücke, doch kein Feind hätte ihn vor der schwarzen Flanke des Hügels erkennen können. So stieg er gebeugt und langsam, aber sicher und teilnahmslos immer weiter bergauf. Er zitterte und wackelte mit dem Kopf. Mit lauter, erstickter Stimme redete er mit sich selbst. »Sie haben mir den Weg abgeschnitten. Sie zwingen mich, einen wahnsinnigen Umweg zu machen. Und dabei ist mir doch so hundeelend. Nach Hause, bloß nach Hause. Ich werd's ja doch nie erfahren. Man hat ihn schon umgelegt.«

Brust, Bauch und Knie waren über und über mit Schlamm beschmiert. Im Aufsteigen versuchte er, wenigstens einen Teil davon abzukratzen, doch die steifen Finger gehorchten nicht. Er gab es auf, aber es kostete ihn Mühe, den Ekel vor dem Schlamm zu überwinden.

Die Soldaten auf der Brücke waren jetzt nur noch kleine Zinnfiguren. Von der Höhe aus konnte er auch den Dorfplatz überblicken. Sechs Lkw waren es, man hatte sie gegenüber dem Gefallenendenkmal aus dem letzten Krieg abgestellt. Es waren an die hundert Soldaten, sie patrouillierten träge, aber ununterbrochen.

Kurz entschlossen verließ er den Weg zum Kamm und ging auf halber Höhe den Hang entlang, dem gewaltigen Hügel entgegen. »Sie haben ihn noch nicht umgebracht. Und ich kann nicht leben, wenn ich's nicht erfahre.« Die Regenfälle und Erdrutsche hatten jeden Pfad verwischt, jede Erhebung zerbröckelt. Beim Gehen versank er bis zu den Knöcheln im Schlamm. Alle vier Schritte mußte er stehenbleiben und den Schlamm abstreifen, der kiloweise an seinen Bergschuhen hing. Er ging auf den Waldstreifen zu, der wie ein Ring in halber Höhe um den gewaltigen Hügel lag. Das war nur die erste Etappe des Umweges, zu dem der Vorstoß der San-Marco-Division nach Santo Stefano ihn zwang.

Die Bäume waren schwarz vom Regen, und trotz der Windstille tropfte die Nässe von den Blättern.

Als er in den Wald trat, hörte er es trappeln und zappeln, abgehackte Warnrufe und Flüche. Da streckte er eine Hand aus und sagte: »Keine Angst. Ich bin Partisan. Lauft nicht davon!«

Fünf oder sechs Männer von diesem Berg waren es, die sich im Wald versteckt hatten und die Bewegungen der Faschisten dort unten in Santo Stefano verfolgten. Alle waren in Mänteln, einer trug eine zusammengerollte Decke über der Schulter. Auch Bündel mit Proviant hatten sie dabei. Falls die Soldaten überraschend einen Vorstoß auf ihren Hügel unternommen hätten, waren sie bereit und ausgerüstet, zu fliehen und vierundzwanzig oder notfalls auch achtundvierzig Stunden fernzubleiben.

Wortlos, nur mit einem verstohlenen Blick auf seinen ungewöhnlich verdreckten Aufzug, kehrten sie auf ihre Beobachtungsposten zurück; das Regenwasser tropfte auf ihre Mützen und Schultern, aber sie kümmerten sich nicht darum. Der älteste von ihnen schien die Lage gelassener zu tragen, ein Mann mit weißem Haar und weißem Schnurrbart und humorvollen Augen. Er fragte Milton: »Wann denkst du, daß dies alles ein Ende hat, Patriot?«

»Im Frühling«, erwiderte er, doch seine Worte entfuhren ihm zu rauh und unnatürlich. Er hustete und wiederholte: »Im Frühling.«

Sie fuhren bestürzt zusammen. Einer fluchte und sagte: »Aber was für ein Frühling? Es gibt einen Frühling im März und einen Frühling im Mai.«

»Im Mai«, stellte Milton klar.

Alle waren verblüfft. Dann fragte der Alte, warum Milton sich denn so mit Schlamm beschmiert habe.

Milton wurde unerklärlicherweise rot. »Ich bin beim Abstieg gestürzt und einige Meter auf dem Bauch runtergerutscht.«

»Der Tag wird schon noch kommen«, sagte der Alte und sah Milton durchdringend an.

»Natürlich kommt er«, erwiderte Milton und verstummte. Doch der Alte starrte ihn immer noch an, mit der gleichen unerfüllten und wohl auch unstillbaren Wißbegier in den Augen. »Natürlich kommt er«, wiederholte Milton.

»Und dann werdet ihr auch keinem einzigen gegenüber Nachsicht walten lassen, will ich hoffen!« sagte der Alte.

»Keinem einzigen gegenüber«, bekräftigte Milton, »da sind wir uns einig.«

»Alle, alle müßt ihr umbringen, sie haben es verdient. Selbst für den harmlosesten unter ihnen ist der Tod noch eine milde Strafe.«

»Wir werden sie alle umbringen«, sagte Milton. »Das ist ausgemacht.«

Aber der Alte war noch nicht fertig. »Mit alle meine ich wirklich alle. Auch die Sanitäter, die Köche, die Geistlichen. Hör gut zu, mein Junge. Ich kann dich Junge nennen. Mir steigen die Tränen in die Augen, wenn der Metzger kommt und mir meine Lämmer abkauft. Und trotzdem bin ich derselbe, der dir sagt: alle bis auf den letzten müßt ihr umbringen. Und merk dir, was ich dir noch sage: Wenn dieser ruhmreiche Tag da ist, und ihr bringt nicht alle um, wenn ihr euch vom Mitleid befallen laßt oder auch vom Ekel vor Blut, dann begeht ihr eine Todsünde, dann ist das tatsächlich Verrat. Wer an diesem großen Tag nicht bis an die Achseln mit Blut besudelt ist, erzählt mir bloß nicht, der ist ein guter Patriot.«

»Sie können beruhigt sein«, sagte Milton und setzte sich in Bewegung, »das ist für uns alle beschlossene Sache. Ehe wir auf die Idee kämen, einen einzigen zu schonen...«

Er ging, ohne den Satz zu vollenden, und noch in Rufweite hörte er, wie einer der Bauern ganz gelassen sagte: »Ist es nicht seltsam, daß es um diese Zeit noch nicht geschneit hat?«

Genau am Ende des Waldes verlief ein langer Kamm parallel zum Bahngeleise und fiel dann unmittelbar gegenüber dem Bahnhof steil ab. Milton beschloß, auf dem Kamm weiterzugehen, später den Hang hinunterzusteigen, den Bahnhof zu umgehen und hier und da in der Deckung der Maulbeerbäume über die Felder bis zum Bergvorsprung zu laufen, hinter dem Canelli lag, und die Eisenbrücke rechts liegen zu lassen. Auf diese Weise würde er vermeiden, daß ihn die Abteilung von Santo Stefano ein zweites Mal überraschte, die ja schließlich irgendwann zu ihrer Basis zurückkehren mußte.

Er kramte in seiner Tasche, holte zwei Zigaretten heraus und betrachtete sie prüfend. Die eine war in der Mitte gebrochen, bei der anderen bröselte der Tabak vorn heraus. Er steckte diese zwischen die Lippen, fand dann aber nicht die kleinste trockene Fläche, um sein Schwefelholz anzuzünden. Einen Augenblick dachte er an den gerillten Griff des Colts, aber das wollte er doch nicht. Mit einem kurzen, ironischen Lachen der Verzweiflung steckte er die Zigarette wieder in die Tasche und setzte seine Wanderung fort.

Beim Marschieren verfolgte er ununterbrochen mit Blicken die parallel zur Straße verlaufenden Eisenbahnschienen. Sie waren verrostet und hie und da von nassem Unkraut überwuchert, verlassen; seit dem Waffenstillstand war hier kein Zug mehr gefahren. Für Milton waren Eisenbahnschienen immer noch gleichbedeutend mit »8. September«*, vielleicht würden sie das für immer sein.

Er sah wieder vor sich, wie er damals nach Hause gekommen war, schmutzig und vermummt, entsetzlich müde, aber ohne die geringste Lust, sich hinzulegen oder auch nur hinzusetzen, an jenem trüben, warmen Morgen des 13. September. Seine Mutter konnte es nicht fassen, sie mußte ihn berühren, ungläubig wollte sie ihm die zusammengebettelten Zivilklamotten abnehmen, ihm den Staub vom Gesicht wischen... »Aus Rom?!« sagte sie. »Aus Rom kommst du! Ich hab' mit angesehen, wie in unserm kleinen Alba die Hölle los war, und hab' mir vorgestellt, wie es da erst in Rom zugegangen sein muß. Ich hätte nicht gedacht, daß du durchkommst, weißt du. Ein Junge wie du, der mit dem Kopf in

---

* Waffenstillstand der Italiener und Alliierten am 8. September 1943

den Wolken steckt...« Aber er hatte es geschafft; er hatte nie daran gezweifelt, von dem Augenblick an, wo er den ungeheuerlichen Zug in Termini bestiegen hatte. Er hatte gewußt, er würde Glück haben, Glück im grenzenlosen Unglück der Armee.

»Und ... das Fräulein aus Turin?« Nun benutzte er selbst den unvermeidlichen Ausdruck seiner Mutter, um Fulvia zu bezeichnen, diesen zugleich ironischen und ängstlichen, vielleicht ahnenden Ausdruck. »Ich hab' sie oft gesehen«, antwortete die Mutter, »sie war häufig in der Stadt mit den Kerlen, die vom Wehrdienst befreit waren.« Sie sah ihn nicht an und sagte: »Sie ist nach Turin zurück. Vor drei Tagen.« Da hatte Milton tastend nach einem Stuhl gesucht.

Vom Kirchturm zu Santo Stefano schlug es matt die halbe Stunde, ohne daß Milton sagen konnte, ob es halb neun oder halb zehn war.

Als er am Fuß des Bergvorsprungs anlangte, hörte er es zehn Uhr schlagen, das war gewiß die Turmuhr von Canelli.

Der Himmel war reingefegt von Flecken und Rauchigkeit und jetzt vollkommen weiß. Es regnete nicht, doch das Laub an Bäumen und Büschen raschelte monoton.

Langsam und vorsichtig stieg er bergan, der Pfad aus schlammverschmierten Tuffsteinplatten war sehr schlüpfrig, außerdem konnte er jetzt jederzeit einer Aufklärungspatrouille aus Canelli begegnen. Trotz dieser unmittelbaren Gefahr sehnte er sich nach einer Zigarette, aber auch hier oben sah er nirgends einen trockenen Quadratzentimeter, an dem er ein Schwefelholz hätte anzünden können. Wieder dachte er an die gerillten Flächen am Griff seines Colts, aber so weit war er doch noch nicht, daß er seine Pistole auf diese Weise malträtiert hätte.

Überdies hörte er in diesem Augenblick – er hatte schon über zwei Drittel des Aufstiegs hinter sich – auf der Straße hinter dem Bergvorsprung den Motorenlärm der Kolonne, die aus Santo Stefano nach Canelli zurückkehrte. Dem Geräusch nach zu urteilen, rasten die Lkw mit Höchstgeschwindigkeit über die schlechte Straße. »Die sind in Form«, dachte er niedergeschlagen. Der Motorenlärm unten im Tal war bald verebbt, doch Miltons Herz klopfte noch immer zum Zerspringen. Er wartete eine Weile, schüttelte sich dann und setzte seinen Marsch fort.

Er überschlug, daß die Kolonne schon wieder in der Kaserne sein mußte, wenn er auf dem Grat anlangte. Er wußte nur, daß die Truppen in der ehemaligen Casa Littoria, dem Parteigebäude, einquartiert waren, aber er war noch nie in Canelli gewesen und wußte daher nicht, wo die Kaserne stand. Aber bestimmt würde er sie beim ersten Blick auf das große, halb bäuerliche, halb schon industrialisierte Dorf entdecken. Nicht als Ziel dachte er an die Kaserne, sondern als unentbehrlichen Orientierungspunkt.

Er stieg schneller bergan, und knapp vor dem Kamm verhielt er den Atem, weil er damit rechnete, daß jeden Augenblick das Dorf unter ihm auftauchen mußte. Doch der Kamm verlor sich in einer weiten Lichtung voller Distelgestrüpp. Er sah sich nach allen Seiten um und rannte geduckt hinüber. Das einzige sichtbare Haus lag zweihundert Schritt weiter links, eben war es mit seinem schwarzen Dach aus einem Gewirr von nasser Vegetation vor ihm aufgetaucht.

Er kroch bis zu einem Dornengebüsch genau am Abhang, versteckte sich dahinter und spähte durch die Zweige auf Canelli hinab. Ein schnelles Umherblicken, dann musterte er die Gassen und Sträßchen, die den Abhang hinaufführten, um festzustellen, ob keine Patrouillen dort unterwegs waren. Niemand war zu sehen, er konnte sich also in Ruhe den Ort genauer ansehen.

Das Dorf wirkte vollkommen, ja unnatürlich still und verlassen, sogar die üblichen Geräusche fehlten, die selbst in der kleinsten Ortschaft zu hören sind. Das lag wohl daran, daß soeben die aus Santo Stefano zurückgekehrte Kolonne durch den Ort gebraust war. Einziges Lebenszeichen war der dicke, weiße Rauch, der aus den Schornsteinen quoll und sich sofort im Weiß des tief herabhängenden Himmels verlor.

Dann entdeckte er die Casa Littoria, das Parteigebäude. Ein großer Würfel in verwaschenem Rot, der Verputz abgebröckelt, die Fenster mit Brettern und Sandsäcken verbarrikadiert, ein kleiner Turm, auf dem wahrscheinlich ein Posten mit einem Fernglas stand. Genauso wahrscheinlich war aber auch, daß dieser Posten ständig die Hügel überwachte, die Milton gegenüberlagen und auf denen es von Roten nur so wimmelte.

Er versuchte, einen Blick in den Kasernenhof zu werfen, doch die hohe Mauer ließ ihn nur einen Abschnitt des Hofes sehen, der von einem leeren Bogengang begrenzt wurde.

Er beugte sich vor und musterte die Ortschaft am Fuß des Abhangs: ein großes stillgelegtes Sägewerk, sonst ein ländlicher Vorort, still und wie ausgestorben.

Er seufzte, er wußte nicht, was er tun sollte. Er hatte die Hand auf die geöffnete Pistolentasche gelegt und wußte nicht, was er tun sollte. Hinter einer Bodenerhebung sah er etwas Röhricht, mit wenigen Sprüngen hatte er es erreicht; er kauerte sich nieder und überprüfte noch einmal das Dorf. Nichts hatte sich verändert, nur der Rauch quoll stärker aus den Schornsteinen.

Er wußte nicht, was er tun sollte, er wußte nur, daß er noch weiter hinabsteigen mußte. Unter ihm auf halber

Höhe, mitten in einem Weinberg, lag ein Geräteschuppen, nicht mehr als ein Dach auf vier Pfosten. Dort wollte er hin. Zwar führte ein Pfad hinunter, doch war er so direkt und steil und konnte so leicht vom Wachturm aus gesehen werden, daß Milton nicht wagen durfe, ihn zu benutzen. Er erreichte den Schuppen, nachdem er sich zwischen Reben und Drähten hindurchgezwängt hatte, bis zu den Knöcheln im schwefelgelben Lehm, klebrig wie Kitt. Hinter einem Stützpfosten kauerte er nieder, aber gleich schüttelte er den Kopf, erbärmlich fassungslos. »Das ist nichts für mich«, sagte er sich, »das ist wirklich nichts für mich. Ich kenne nur einen, dem dabei genauso erbärmlich wäre wie mir. Sogar noch erbärmlicher. Und das ist ausgerechnet Giorgio.«

Trotzdem stieg er weiter hinab. Am Ende des letzten Weinbergs hatte er einen in den Boden einzementierten Behälter für Kupfervitriol erblickt; dann kam ein Brachfeld, das sich in der Ebene verlor. Es war besser, wenn er weiter hinterging, auch für den Fall, daß er vor einer Patrouille aus dem Dorf fliehen mußte. Dann hätte er versucht, seitwärts auszuweichen, einerlei, ob nach links oder rechts, nur nicht wieder bergauf. Wenn man den Abhang von unten sah, glich er einer Wand aus Schlamm.

Mit der Pistole in der Faust stieg er hinab. Ein Sperling flatterte vom Pfad auf. Vom Dorf her hörte man einen dumpfen Schlag, lang und geheimnisvoll, wie aus einem großen Eisenwerk, aber das gab es in Canelli nicht. Der Schlag wiederholte sich nicht, und im Dorf blieb alles still. Die Kaserne lag weniger als hundert Meter Luftlinie entfernt. Die Stille war so vollkommen, daß Milton meinte, das Spülen des Belbo gegen die Steinquader hinter der Kaserne zu vernehmen.

Er duckte sich hinter dem Behälter, die Pistole auf dem Oberschenkel, und umfaßte mit dem Arm den kalten Zement. Von hier aus konnte er einen Teil der Straße nach Santo Stefano sehen, ausgefahren und voller Schlaglöcher. Beim Abstieg hatte er das große Sägewerk weit links liegen lassen, viel weiter, als er angenommen hatte, und das mißfiel ihm, denn mit seinen großen Holzstapeln hätte es im Notfall ein Versteck und außerdem ein Labyrinth als Fluchtmöglichkeit abgegeben.

Er sehnte sich plötzlich nach seiner Einheit, nach Treiso und nach Leo.

Von rechts hörte er ein zusammenhängendes und stetiges Geräusch, und Milton überlegte, daß hinter dem Weinberg am Fuß der Böschung sicher ein Haus stand. Ein Rauchkringel, der sogleich vom weißen Himmel verschluckt wurde, stieg aus seinem unsichtbaren Schornstein.

Er umklammerte die Pistole fester. Er hatte etwas gehört, aber es war nur das Quietschen der Balkontür am letzten Haus vor der Chaussee. Eine Frau erschien in der Türöffnung, nahm ein Hackbrett, das an der Wand hing, und ging wieder hinein, ohne sich umzusehen. Man hörte keinen Laut, kein Hundebellen oder das Gackern eines Huhnes, nicht einmal ein Spatz flog in den Himmel.

In diesem Moment sah er aus den Augenwinkeln rechts einen schwarzen Schatten, der ihn gerade noch mit seinem Ende streifte. Er warf sich hinter dem Behälter auf die Erde und richtete die Pistole auf den Ursprung des Schattens. Dann aber ließ er sie überrascht wieder sinken. Es war eine alte Frau in einem fettigen und schmierigen schwarzen Kleid. Er war so überrascht, weil es sich von ihrem Schatten ganz erdrückt gefühlt hatte, obwohl sie noch etwa zwanzig Schritt entfernt war und keine Sonne schien.

Sie redete ihn an, aber Milton sah nur, wie sich ihre schmalen violetten Lippen bewegten. Ein Huhn hatte sie bis zum Rand des Weinbergs begleitet und scharrte nun im

Schlamm einer Rebzeile. Dann raffte die Alte den Rock und stapfte in die Zeile neben Milton; ihre derben Männerschuhe versanken im schnalzenden Morast.

Am Pfahl blieb sie stehen und sagte: »Du bist ein Partisan. Was willst du in unserm Weinberg?«

»Sehen Sie mich nicht an, wenn Sie mit mir sprechen«, erwiderte Milton. »Sehen Sie in die Luft, wenn Sie mit mir reden. Kommen die Soldaten bis hier herauf?«

»Seit einer Woche haben wir keinen mehr gesehen.«

»Reden Sie ruhig ein bißchen lauter. Wie viele kommen gewöhnlich?«

»Fünf oder sechs«, antwortete die Alte und sah wieder zum Himmel. »Einmal war es eine ganze Kolonne mit Stahlhelmen, die hier vorbeikam, meistens aber sind es fünf oder sechs.«

»Einzeln kommen sie nie?«

»Diesen Sommer, bis in den September noch, um unser Obst zu stehlen. Seit September nicht mehr. Was machst du in unserm Weinberg?«

»Sie brauchen keine Angst zu haben.«

»Ich hab' keine Angst. Ich bin auf eurer Seite. Wie könnte ich nicht auf eurer Seite sein, da doch alle meine erwachsenen Enkel bei den Partisanen sind? Du wirst sie kennen. Sie sind bei der Stella Rossa.«

»Ich bin Badoglianer.«

»Ach so, dann gehörst du zu denen, die sich als Engländer verkleiden. Aber warum hast du dich jetzt als Landstreicher getarnt? Willst du mir nicht sagen, was du in unserm Weinberg treibst?«

»Ich sehe mir Ihr Dorf an. Ich kundschafte es aus.«

Die Frau sah ihn entsetzt an. »Wollt ihr es etwa angreifen? Ihr seid doch wohl nicht verrückt! Dazu ist es noch zu früh!«

»Sehen Sie mich nicht an! Sehen Sie in die Luft!«

Die Alte blickte zum Himmel und sagte: »Ihr dürft nur nehmen, was ihr auch halten könnt. Wir sind froh, wenn wir befreit werden, aber nur, wenn es endgültig ist. Sonst kommen die zurück und zahlen's uns heim!«

»Wir denken ja nicht dran, hier anzugreifen.«

»Wenn ich's mir jetzt überlege«, meinte sie, »bist du unmöglich gekommen, um einen Angriff vorzubereiten. Du bist Badoglianer, aber in Canelli wird die Stella Rossa angreifen. Canelli ist für die Stella Rossa reserviert.«

»Das ist abgemacht«, sagte Milton. Und dann: »Sie könnten mir einen Gefallen tun. Seit gestern abend hab' ich nichts mehr im Magen. Sie könnten nach Hause gehen und mir ein Stück Brot holen. Sie brauchen aber nicht noch einmal durch den Schlamm bis hierher zu kommen, es reicht, wenn Sie's mir vom Anfang der Rebzeile aus zuwerfen. Ich fang's schon auf, seien Sie unbesorgt.«

Vom Kirchturm begann es elf zu schlagen.

Die Alte wartete den letzten Glockenschlag ab und sagte dann: »Ich bin gleich wieder da. Aber wie einem Hund werf' ich dir's bestimmt nicht zu. Ich leg' dir Speck dazwischen, und wenn ich's werfe, fällt alles auseinander. Schließlich bist du kein Hund. Ihr alle seid unsere Söhne, seid an unserer Söhne Statt, die uns fehlen. Denk an mich, ich habe zwei Söhne in Rußland, und wer weiß, wann sie mir zurückkommen. Aber du hast mir noch immer nicht gesagt, was du hier treibst, auf der Lauer in unserm Weinberg.«

»Ich warte auf einen von denen«, antwortete Milton, ohne sie anzusehen.

Mit einem Ruck hob sie das Kinn. »Soll er hier vorbeikommen?«

»Nein. Ganz gleich, wo er mir unter die Finger kommt. Besser für alle, wenn's außerhalb des Ortes ist.«

»Willst du ihn umbringen?«

»Nein. Ich muß ihn lebendig haben.«

»Denen geschieht's ganz recht, wenn sie umgebracht werden.«

»Ich weiß, aber tot nützt er mir nichts.«

»Was willst du denn mit ihm machen?«

»Sehen Sie in die Luft! Tun Sie, als ob Sie sich am Rebstock zu schaffen machten! Ich will ihn gegen einen meiner Kameraden austauschen. Gestern früh haben sie ihn geschnappt, und wenn ich ihn nicht austauschen kann...«

»Der arme Kerl! Ist er hier in Canelli im Gefängnis?«

»In Alba.«

»Ich weiß, wo Alba ist. Warum bist du ausgerechnet nach Canelli gekommen, um dein Glück zu versuchen?«

»Weil ich selbst aus Alba bin.«

»Alba«, sagte die Alte. »Ich war noch nie dort, aber ich weiß, wo es liegt. Einmal hätte ich hinfahren sollen, mit dem Zug.«

»Sie brauchen keine Angst zu haben«, sagte Milton, »sowie Sie mir etwas zu essen gebracht haben, verschwinde ich hier und warte oberhalb der Landstraße.«

»Warte!« sagte sie. »Warte, bis ich dir was zu essen gebracht habe. Es ist eine gefährliche Sache, die du da vorhast, und mit knurrendem Magen wirst du es nicht schaffen.«

Und schon stapfte sie die Rebzeile entlang, und der Schlamm spritzte ihr bis zum Rocksaum. Sie drehte sich noch einmal um, warf ihm einen letzten Blick zu und stieg dann die Böschung hinunter.

Zehn, fünfzehn, zwanzig Minuten vergingen, doch sie kam nicht zurück. Milton kam zu dem Schluß, daß sie überhaupt nicht mehr kommen würde, sie war zufällig auf ihn gestoßen, hatte ihn durch ihr Geschwätz nur aufgehalten und sich dann aus der Affäre gezogen, weil sie wußte, daß er weder Zeit noch Lust hatte, ihr nachzufolgen und sie zur Rede zu stellen. Er war sich dessen so sicher, daß er fortgegangen wäre, wenn er nur gewußt hätte, wohin.

Dann sah er sie. Es schlug gerade halb, da tauchte sie auf. Hinter ihrem Rücken hielt sie einen großen Wecken versteckt, zwischen dem Brot lag eine riesige Speckscheibe. Milton mußte den Wecken mit Gewalt zusammenpressen, um ihn in den Mund schieben zu können. Er kaute heftig, die Speckscheibe war so dick und üppig, daß es ihm fast widerlich war, wenn er nach der Dicke des Brotes mit den Zähnen darauf stieß.

»Gehen Sie jetzt weg, danke schön«, sagte er nach dem ersten Bissen.

Doch die Frau hockte sich vor ihn hin, an den Pfahl des Rebstocks gelehnt, und Milton wandte den Blick ab, um nicht den dürren, aschfahlen Schenkel über dem schwarzen, von einem Bindfaden gehaltenen Wollstrumpf sehen zu müssen.

»Was wollen Sie noch hier? Ich brauche nichts mehr.«

»Sag das nicht so voreilig. Ich hab' was, das dich interessieren könnte. Mein Schwiegersohn wollte schon rauskommen, um es dir zu sagen, aber ich hab' ihn überredet, drinzubleiben und mich das machen zu lassen.«

»Was denn?«

»Etwas, das wir schon lange meinem ältesten Enkel sagen wollten, der auch bei der Stella Rossa ist. Jetzt aber wollen wir es dir verraten, weil du es dringend brauchst und nicht länger warten kannst.«

»Was ist es denn?«

»Ich weiß, wie du zu dem Faschisten kommen kannst, den du suchst.«

Milton legte das Brot auf den Rand des Behälters.

»Damit wir uns recht verstehen, ich suche einen Soldaten und nicht einen Zivilisten, der Faschist ist.«

»Ich meine ja auch einen Soldaten. Einen Unteroffizier.«

»Einen Unteroffizier!« wiederholte Milton begeistert.

»Dieser Unteroffizier«, fuhr die Alte fort, »kommt oft hierher, fast jeden Tag und immer allein. Er kommt wegen einer Frau, einer Schneiderin, sie ist zwar unsere Nachbarin, aber wir sprechen nicht mehr miteinander.«

»Und wo wohnt sie? Zeigen Sie mir sofort das Haus!«

»Ich hab' dir gesagt, daß wir nicht mehr miteinander sprechen, und ich will dir erklären, warum. Aber damit du Bescheid weißt, wir geben dir den Tip nicht, um ihr eins auszuwischen, sondern um dir zu helfen und deinen Kameraden zu retten.«

»Klar.«

»Und das trotz aller Gemeinheiten, die sie uns und vor allem meiner Tochter angetan hat. Ein Drecksweib ist sie, das wirst du schon kapiert haben, und was sie jetzt mit diesem Unteroffizier hat, ist gar nichts gegen das, was sie früher alles gemacht hat. Es reicht, wenn ich dir sage, daß sie schon drei Abtreibungen hinter sich hatte, ehe sie zwanzig war. Sie ist das liederlichste Weib in Canelli und der ganzen Umgebung, und ich weiß nicht, ob man auf der Welt eine schlimmere findet.«

»Wo wohnt sie denn?«

Sie aber blieb mit entwaffnender Hartnäckigkeit bei ihrem Thema. »Sie hat so viel Zwietracht zwischen meiner Tochter und meinem Schwiegersohn gesät, und mein Schwiegersohn, der nicht von hier ist, war dumm genug, ihr zu glauben und nicht uns, obwohl wir geschworen haben, daß nichts von alledem wahr ist. Jetzt hat er's endlich eingesehen und verträgt sich besser mit meiner Tochter als vorher, als dieses Drecksweib versucht hat, uns zu vergiften.«

»Ja, ja, aber wo...?«

»Aus purer Bosheit hat sie's getan, vielleicht, weil sie's nicht länger aushielt, das einzige Hurenstück im ganzen Umkreis zu sein, und darum hat sie sich eine Komplizin ausgedacht, aus den Fingern gesogen hat sie es sich.«

Milton bewegte nervös die Finger und ließ dabei das Brot in den Vitriolbehälter fallen. »Was die Schneiderin getan hat, interessiert mich überhaupt nicht, begreifen Sie das nicht? Mich interessiert nur der Unteroffizier. Kommt er oft zu ihr?«

»Sooft er kann. Stundenlang stehen wir am Fenster. Aber wir bringen dieses Opfer gern, nur damit wir uns jedesmal genau aufschreiben können, wann er zu ihr geht.«

»Sehen Sie in die Luft!« sagte Milton. »Wann ist das gewöhnlich?«

»Meistens abends, gegen sechs. Manchmal kommt er auch gegen eins, nach dem Essen. Wahrscheinlich steht er sich gut mit seinen Vorgesetzten, er hat sehr oft Ausgang, keiner hat so oft Ausgang wie er.«

»Ein Unteroffizier«, sagte Milton.

»Mein Schwiegersohn sagt, daß er ein Unteroffizier ist, ich kann die Dienstgrade nicht auseinanderhalten. Wenn er dir begegnet, mußt du auf der Hut sein. Er ist bestimmt nicht feige, und daß er kräftige Muskeln hat, kann man durch die Uniform sehen, in unsere Gegend kommt er nur mit schußbereiter Pistole. Einmal kam er mir entgegen, da hatte ich keine Zeit mehr, mich hinter den Akazien zu verstecken. So hat er sie gehalten, die Pistole, halb aus der Tasche heraus.«

»Nur eine Pistole?« fragte Milton. »Und mit einer Maschinenpistole haben Sie ihn nie gesehen? So ein Ding mit durchlöchertem Lauf?«

»Ich weiß schon, was eine Maschinenpistole ist. Aber der läuft immer nur mit einer Pistole rum.«

Milton rieb sich die Beine, die steif wurden. Dann sagte er: »Wenn er um eins nicht kommt, warte ich bis sechs. Und auch noch morgen den ganzen Tag, wenn's sein muß.«

»Bis heute abend kommt er bestimmt. Aber er könnte auch schon gegen eins auf einen Sprung vorbeikommen.«

»Dann zeigen Sie mir rasch das Haus!«

Sie schlich zu ihm hinüber, und zwischen den Rebstöcken folgte er ihrem Zeigefinger und sah das Haus. Es war ein kleines, ländliches Haus, dessen Vorderfront vor kurzem renoviert worden war. Vom Hoftor zur Haustür führten durch etwas Schlamm unterschiedlich große Trittsteine. Das Haus stand etwa zwanzig Meter jenseits der Landstraße, und dahinter lag ein verwilderter Gemüsegarten.

»Kommt er immer von der Straße, wenn er zu ihr will? Geht er nie über die Felder? Wie ich sehe, könnte er von der Kaserne aus direkt über die Felder gehen.«

»Immer über die Straße. Wenigstens in dieser Jahreszeit. Er will doch nicht verdreckt bei ihr ankommen.«

Instinktiv griff Milton nach seiner Pistole. Die Frau rückte unmerklich von ihm ab und atmete aufgeregt.

»Es ist aber nicht sicher, daß er jetzt schon kommt«, sagte sie. »Ich hab' dir ja erzählt, daß er meistens abends kommt. Genauer gesagt, kommt er immer, wenn's ihm irgend möglich ist, und wenn's nur auf eine halbe Stunde ist. Anscheinend ist sie auch immer bereit dazu. Zwei Köter, die dauernd in Hitze sind.«

»Was liegt hinter Ihrem Weinberg?«

»Das Stück Brachfeld, das du von hier aus sehen kannst.«

»Und dann?«

»Ein Akaziendickicht. Wenn der Erdbuckel nicht wäre, könntest du die Spitzen der Akazien sehen.«

»Und dann?«

»Die Landstraße.« Die alte Frau hatte die Augen geschlossen, um es besser vor sich zu sehen. »Die Landstraße«, wiederholte sie. »Die Akazien gehen genau bis an die Landstraße.«

»Gut. Ziehen sich die Akazien bis zur Höhe des Hauses?«

»Ich verstehe nicht, wie du das meinst.«

»Wenn ich am Ende der Akazien angelangt bin, stehe ich dann dem Haus gegenüber?«

»Fast gegenüber. Wenn du dich am Ende der Akazien hinstellst, nur noch ein wenig weiter links.«

»Was kommt hinter den Akazien?«

»Ein Weg.«

»Genau hinter den Akazien?«

»Nein, dazwischen liegt vielleicht noch ein Meter.«

»Der Weg mündet in die Landstraße, oder? Und wohin führt er in der anderen Richtung? Auf den Hügel?«

»Ja, auf unsern Hügel.«

»Und ist der Weg auch eingeschnitten oder ungedeckt?«

»Es ist ein Hohlweg.«

»Dann verdrücke ich mich jetzt in die Akazien«, sagte Milton. »Wenn alles klappt...« Und er wollte sich zwischen den Rebstöcken hindurchzwängen.

Die Alte packte ihn an der Schulter. »Warte. Und wenn's schiefgeht? Dann wirst du verraten, daß wir es waren, die dich drauf gebracht haben.«

»Keine Angst. Ich werde schweigen wie ein Grab. Aber ich denke schon, daß es klappt.«

## 10

Er schlich ans Ende des Akaziendickichts, geschmeidig und lautlos wie eine Schlange. Der Zeitpunkt war gut gewählt und die Lage ideal. Milton war dem Unteroffizier um fünf Sekunden voraus. Sie würden zweifellos haargenau an der Einmündung des Weges in die Landstraße zusammentreffen, der Unteroffizier würde sich ihm mit einem Quadratzentimeter Rücken vollkommen ausliefern. Vorausgesetzt, daß nichts dazwischenkam, vorausgesetzt, daß die Welt fünf Sekunden lang stillstand und nur ihnen beiden ermöglichte, sich zu bewegen.

Es war so leicht, daß er es mit geschlossenen Augen hätte tun können.

Er federte in die Knie, sprang los und machte im Sprung eine halbe Drehung nach links. Er setzte ihm die Pistole mitten auf den Rücken, der so breit war, daß er die ganze Straße verdeckte und fast den ganzen Himmel. Durch die Wucht des Stoßes prallte der Nacken des Unteroffiziers beinahe gegen seinen Mund, doch dann ging der Mann in die Knie. Milton richtete ihn wieder auf und stieß ihn mit der Pistole in den Weg hinter den Akazien. Dann riß er ihm die Pistole aus der Tasche, die von der Hitze des Körpers gefüllt war, steckte sie ein, tastete ihm voll Abscheu die Brust ab und stieß ihn schließlich wegaufwärts.

»Nimm die Hände hinterm Nacken zusammen!«

Direkt hinter dem Akazienwald, auf der Seite des Dorfes, zeichnete sich ein Gestade mit rötlichem Schlamm ab, der auf den Feldweg einen Schatten des Sonnenuntergangs zurückstrahlte.

»Beeil dich und paß ja auf, daß du nicht ausrutschst. Wenn du ausrutschst, schieße ich genauso, wie wenn du eine falsche Bewegung machst. Du hast ihn zwar nicht gesehen, aber ich habe einen Colt in der Hand. Du weißt doch, was für Löcher ein Colt macht?«

Der Mann stieg mit weitausholendem und bedächtigem Schritt bergan. Der Weg ging bereits aufwärts, die Böschung wurde höher. Der Mann war nur wenig kleiner als Milton und fast doppelt so breit. Doch daran dachte Milton nicht, er brannte darauf, ihm die Sachlage auseinanderzusetzen.

»Wahrscheinlich willst du wissen, was ich mit dir vorhabe«, redete er ihn an.

Der Unteroffizier zitterte und schwieg.

»Hör zu. Aber geh nicht langsamer und hör mir gut zu. Umlegen werde ich dich jedenfalls nicht, kapiert? Ich werde dich nicht umlegen. Deine Leute in Alba haben einen Kameraden von mir geschnappt und wollen ihn erschießen. Aber ich werde dich gegen ihn austauschen. Wir müssen rechtzeitig da sein, du und ich. Also, in Alba wirst du ausgetauscht. Hast du gehört? Sag doch was!«

Der Mann erwiderte nichts.

»Sag was!«

Mit steifem Hals stammelte er ein paarmal ja.

»Also, mach keinen Unsinn. Es lohnt sich nicht. Wenn du spurst, bist du morgen mittag schon wieder frei und in Alba mitten unter deinen Leuten. Hast du verstanden? Antworte!«

»Ja, ja.«

Während Milton redete, wurden die Ohren des Unteroffiziers scheinbar immer größer und spitzten sich wie bei einem Hund, der von weitem gerufen wird.

»Falls du mich zwingst, auf dich zu schießen, bist du selbst schuld an deinem Tod. Verstanden?«

»Ja, ja.« Er hielt den Kopf steif, als wäre er angeschraubt, aber gewiß war er mit den Augen überall.

»Mach dir keine Hoffnung«, sagte Milton, »mach dir keine Hoffnung, daß wir einer eurer Patrouillen begegnen, denn in dem Fall schieß' ich dich über den Haufen. Sobald ich sie sehe, schieße ich. Du würdest also nur auf deinen Tod hoffen. Antworte!«

»Ja, ja.«

»Sag doch mal was anderes als immer nur ›ja, ja‹!«

Unten am Hang jaulte ein Hund freudig auf. Sie hatten schon fast ein Drittel der Anhöhe hinter sich.

»Es wird zwar niemand hier vorbeikommen«, sagte Milton, »aber falls ein Bauer vorbeikommen sollte, verdrückst du dich augenblicklich an den Wegrand, und zwar zur Böschung hinunter. Dann kann er vorbei, ohne dich zu streifen, und du kommst nicht auf den dummen Gedanken, dich an ihn zu klammern. Kapiert?«

Er nickte.

»Das wäre so eine Idee, auf die einer kommen könnte, der weiß, daß er zum Sterben geht. Du aber wirst nicht sterben. Paß auf, daß du nicht ausrutschst. Ich bin kein Roter, ich bin Badoglianer. Das gefällt dir schon besser, was? Hoffentlich glaubst du mir, daß ich dich nicht umlegen werde. Und das sag' ich nicht etwa, weil wir noch so dicht bei Canelli sind und vielleicht einer eurer Patrouillen begegnen könnten. Wenn wir weiter fort sind, werde ich dich noch besser behandeln, du wirst sehen. Hast du gehört? Hör auf zu zittern. Du hast wirklich keinen Grund mehr dazu. Wenn's immer noch der Schock ist, weil du auf einmal eine Pistole im Rücken hattest, müßtest du ihn doch allmählich überwunden haben. Bist du Unteroffizier bei der San Marco oder nicht? Warst du auch bei denen, die sich heute früh in Santo Stefano so aufgespielt haben?«

»Nein!«

»Schrei nicht so! Das beeindruckt mich nicht. Und hör auf zu zittern und sag endlich was!«

»Was soll ich denn sagen?«

»So ist's schon besser.«

Der Weg machte eine plötzliche Biegung, und Milton ging ganz auf die andere Seite hinüber, um einen Blick auf das Gesicht seines Gefangenen zu werfen. Aber es ging so schnell, daß er nur ganz flüchtig ein Paar graue Augen und eine kleine, markante Nase sah. Er ärgerte sich nicht darüber, im Grunde war es ihm gleichgültig. Das Gesicht war ihm gleichgültig, genauso gleichgültig, wie es den Faschisten in Alba sein würde, die ihn gegen Giorgio austauschten. Auch der Dienstgrad war bedeutungslos. Es genügte, daß der Mann in einer bestimmten Uniform steckte. Aber was für ein Mann und was für eine Uniform! Milton musterte voll Genugtuung, fast zärtlich, den schweren und zugleich elastischen Körper und freundete sich zum erstenmal mit dieser Uniform an, ja sogar mit den Stiefeln, in denen er zum Zielort ging, überwacht von ihm, Milton. Was für ein Lösegeld, was für einen Kaufwert er darstellte! Er überraschte sich bei dem Gedanken, daß ihm das faschistische Kommando gut und gern drei Männer wie Giorgio gegen so einen Unteroffizier eintauschen würde. Im selben Augenblick aber dachte er daran, daß dieser Mann bestimmt schon andere getötet, genauer gesagt, abgeschossen hatte. Er wirkte wie jemand, der sich nichts draus macht, Menschen abzuknallen. Vor sich sah er die hohlwangigen, kindlichen Gesichter der erschossenen Jungen, ihre nackten Oberkörper, die so mager waren, daß das Brustbein wie ein Schiffskiel herausragte. Das war die andere Wahrheit, die man nicht vergessen durfte. Aber er würde ihn nicht danach fragen. In seiner Angst hätte es der Mann ja doch verzweifelt geleugnet; und wenn man mit dem Colt ein wenig nachhalf, würde er vielleicht zugeben, daß er andere umgelegt hatte, aber nur im regulären Gefecht. Doch so ein Verhör würde die Dinge nur komplizieren, und der Marsch nach Mango würde dann gewiß nicht so glatt und rasch vonstatten gehen, wie er jetzt allmählich hoffte. Die Wahrheit über Fulvia hatte den absoluten Vorrang, ja nur sie allein existierte.

»Schlag dir die Patrouillen aus dem Kopf«, sagte er mit sanfter, fast hypnotisierender Stimme. »Bete zu Gott, daß keine unterwegs sind. Ich werde dich nicht umlegen, ich werde dich sogar beschützen, ich werde nicht zulassen, daß man dir auch nur ein Haar krümmt. Bei uns gibt's abgebrühte Kerle, die wollen dir an den Kragen, aber ich sorge dafür, daß sie dich in Frieden lassen. Ich will dich nur gegen meinen gefangenen Kameraden austauschen. Glaubst du mir jetzt? Rede!«

»Ja, ja.«

»Wo kommst du her?«

»Aus Brescia.«

»Ziemlich viele von euch sind aus Brescia. Und wie heißt du?« Er gab keine Antwort.

»Willst du's mir nicht sagen? Meinst du, ich würde damit prahlen? Ich werde nie von dir sprechen, jetzt nicht und in zwanzig Jahren nicht. Ich werde nie damit prahlen. Aber behalt deinen Namen ruhig für dich!«

»Alarico«, antwortete der Unteroffizier hastig.

»Welcher Jahrgang?«

»Jahrgang dreiundzwanzig.«

»Der Jahrgang meines Kameraden. Auch das würde also passen. Und was warst du früher?«

Er antwortete nicht.

»Student?«

»Aber nein!«

Die Böschung zu beiden Seiten des Hohlweges wurde immer niedriger, schließlich lief sie ganz aus, und der Weg war vom Abhang her frei sichtbar. Milton warf einen Blick hinunter und sah, daß Canelli viel weniger weit entfernt war, als er geglaubt hatte. Das Dorf schien immer näher zu rücken, als befände es sich auf einer Hebebühne.

»Geh ganz rechts! Ganz dicht am Hang entlang!«

Noch eine scharfe Kehre, aber diesmal versuchte Milton nicht, das Gesicht des Mannes zu sehen, er senkte sogar vermeidend die Augen.

Der Unteroffizier keuchte.

»Wir haben schon mehr als die Hälfte«, sagte Milton. »Du solltest froh sein. Du kommst deiner Rettung immer näher. Morgen mittag bist du frei, dann kannst du wieder gegen uns kämpfen. Wer weiß, ob du's mir nicht einmal mit gleicher Münze heimzahlst. Das ist ja nicht ausgeschlossen bei der Art, wie wir den Krieg führen. Du würdest mich dann kaum austauschen, oder?«

»Nein, nein!« würgte der Unteroffizier. Es klang mehr wie ein Flehen.

»Warum regst du dich so auf? Glaub bloß nicht, daß ich dich für grausamer halte als mich selbst. Jeder von uns hätte dann das Bestmögliche aus dem andern herausgeholt. Ich meinen Kameraden und du deine Haut. Damit wären wir quitt. Also ... «

»Nein, nein!« wiederholte der andere.

»Laß gut sein. Ich hab' das nur zum Spaß gesagt, um von was anderem zu sprechen. Denken wir an den Augenblick. Ich hab' dir schon gesagt, daß ich dich beschützen werde. Sobald wir da sind, geb' ich dir zu essen und zu trinken. Auch eine Packung Zigaretten schenk' ich dir. Englische, mal was anderes für dich. Und Rasierzeug geb' ich dir, damit du dich rasieren kannst. Ich will, daß du anständig aussiehst, wenn du zur Kommandantur von Alba kommst. Hast du verstanden?«

»Laß mich die Hände runternehmen!«

»Nein!«

»Ich halte sie ganz fest an den Hüften, als wäre ich gefesselt!«

»Nein. Aber später sollst du's besser haben. Heute nacht wirst du in einem Bett schlafen. Wir schlafen auf Stroh, aber du sollst in einem Bett schlafen. Ich selbst werde vor der Tür Posten stehen, dann sind wir sicher, daß man dir keinen Streich spielt, während du schläfst. Und zum Austausch morgen früh werden uns die besten meiner Kameraden begleiten. Ich selbst werde sie aussuchen. Du wirst schon sehen. Ich behandle dich doch nicht schlecht. Oder, behandle ich dich schlecht?«

»Nein, nein.«

»Du wirst sehen, wie die andern erst sind. Gegen die bin ich geradezu ein Unmensch.«

Sie hatten schon fast den Kamm erreicht. Milton sah auf die Uhr. Ein paar Minuten vor zwei. Gegen fünf würden sie in Mango sein. Er blickte auf Canelli hinunter, und ihn erfaßte ein kurzer Schwindel, er wußte nicht, ob vor Müdigkeit oder vor Hunger oder nur vor Erleichterung, weil bis jetzt alles geklappt hatte.

»Wir beide haben's jetzt geschafft«, sagte er.

Der Unteroffizier blieb mit einem Ruck stehen und stöhnte.

Milton fuhr zusammen und faßte die Pistole fester.

»Was denkst du denn jetzt schon wieder? Das hast du in die falsche Kehle gekriegt. Hör auf zu zittern! Ich will dich nicht umlegen. Weder hier noch anderswo. Ich werde dich nie umlegen. Laß mich doch nicht immerfort dasselbe sagen. Glaubst du mir? Sag doch was!«

»Ja, ja.«

»Geh weiter!« Sie hatten die Hochfläche erreicht. Milton erschien sie viel größer als am Morgen. Er sah zu dem einsamen Haus hinüber, das schweigsam dastand, verschlossen und gleichgültig, wie am Morgen. Der Unteroffizier schritt nun blindlings weiter, stapfte durch den Schlamm, ohne den widerborstigen Disteln auszuweichen.

»Warte!« befahl Milton.

»Nein!« sagte der Mann und blieb stehen.

»Hör auf! Mir ist eben was eingefallen. Paß auf. Wir müßten eigentlich durch ein Dorf, das von unseren Leuten besetzt ist. Natürlich gibt's unter denen abgebrühte Burschen. Besonders zwei, deren Brüder ihr auf dem Gewissen habt. Ich behaupte ja nicht, daß ihr von der San Marco es gewesen seid. Aber die würden dich bestimmt gern umlegen. Besser, wir meiden das Dorf und machen einen Umweg durch ein Tal, das ich kenne. Aber zwing mich nicht...«

Die Finger des Unteroffiziers lösten sich mit gräßlichem Knacken von seinem Nacken. Die Arme ruderten im weißen Himmel. So in der Schwebe war er schrecklich und plump anzusehen. Er flog zur Seite, dem Abhang entgegen, und sein Körper schien sich im Wegtauchen nach unten schon zu krümmen.

»Nein!« schrie Milton, doch der Colt schoß, als hätte der Schrei den Abzugshebel durchgedrückt.

Der Mann fiel auf die Knie und verharrte so einen Augenblick, ganz zusammengekrümmt, den Kopf flach nach hinten, die kleine, markante Nase gegen den Himmel gereckt. Milton schien es, als hätte die Erde nichts damit zu schaffen, weder mit ihm noch mit dem andern, als spielte sich alles in der Schwebe ab, im weißen Himmel.

»Nein!« schrie Milton und schoß noch einmal, zielte auf den großen roten Flecken, der den Rücken des Mannes verschlang.

# 11

Es hatte eben aufgehört zu regnen, Windstöße fegten über den Boden, lösten Steinchen aus dem weichen Untergrund und wirbelten sie über die Straße. Es dämmerte bereits, und der heftige Wind verringerte die Sicht.

Die beiden Männer maßen sich aus zwanzig Schritt Entfernung, die Augen halb zusammengekniffen, um den andern zu erkennen oder seinen Bewegungen zuvorzukommen, die Hände an den Pistolentaschen. Jener, der aus der Hausecke hervorkam, trug einen Regenumhang in Tarnfarben, der wie ein Segel im Wind knatterte. Langsam zog er die Pistole und richtete sie auf den Mann, der am Ausgang der Kurve mit einem Ruck stehengeblieben war und wie ein Baum im Wind schwankte.

»Komm näher!« sagte der mit der Pistole. »Nimm die Hände hoch und klatsche sie zusammen. Klatsch die Hände zusammen!« wiederholte er lauter, um den Wind zu übertönen.

»Bist du nicht Fabio?« fragte der andere.

»Und du?« fragte Fabio und senkte kaum merklich die Waffe. »Du bist doch...? Das ist ja... Milton?«

Und sie liefen einander entgegen, hastig und mit großen Schritten, als könne einer den Beistand des anderen auch nicht eine Sekunde länger entbehren.

»Was machst du denn hier?« fragte Fabio, Vizekommandeur des Stützpunktes Trezzo. »Seit einer Ewigkeit haben wir dich hier nicht mehr gesehen. Dabei sind wir nur knapp einen Hügel voneinander entfernt... Wieso bist du in Zivil?« Er hatte Miltons Zivilkleider unter dem Schlamm kaum erkannt.

»Ich war wegen einer Privatsache in Santo Stefano.«

Sie schrien beinahe, um den Sturm zu übertönen.

»In Santo Stefano war doch heute früh die San Marco.«

»Das sagst du mir, dabei mußte ich durch den Belbo waten, um meine Haut zu retten.«

Fabio lachte freundschaftlich, und sein Lachen wurde im Nu vom Wind fortgewirbelt wie eine Feder.

»Hast du Leute ohne Waffe, Fabio?«

»Wer hat die nicht?«

»Dann nimm das hier.« Und Milton reichte ihm die Beretta des Unteroffiziers.

»In Ordnung. Aber warum gibst du sie weg?«

»Sie beschwert mich.«

Fabio wog die Pistole in der Hand, dann verglich er sie mit seiner eigenen. »Die ist doch tadellos und neuer als meine. Bei Licht will ich sie mir genauer ansehen, inzwischen...« Und Fabio steckte die Waffe des Unteroffiziers in seine Pistolentasche und seine eigene anderswohin.

»Sie hat mich belastet«, sagte Milton. »Fabio, was gibt's Neues von Giorgio?«

»Was hast du gesagt?«

»Gehen wir in diesen Stall, um zu reden«, schrie Milton und deutete auf die Hütte am Straßenrand.

»Nein, nicht da hinein, da sind drei meiner Leute mit Krätze untergebracht. Mit Krätze!«

Fabio drehte sich mit dem Rücken gegen den Wind und redete halb gekrümmt, so als spräche er nicht zu Milton auf gleicher Höhe, sondern zu einem im Straßengraben Ausgestreckten. »Wenn der Wind nicht wäre, könntest du sie von hier aus jammern hören. Sie fluchen und jammern und scheuern sich an den Wänden wie Bären. Ich geh' da nicht mehr rein, denn sie verlangen dauernd, daß man sie kratzt. Sie reichen dir Holz- und Eisenstücke, damit du sie damit kratzt. Fingernägel spüren sie überhaupt nicht mehr. Vor fünf Minuten hätte Diego mich fast erwürgt. Gibt er mir doch einen Eisenkamm und sagt, ich solle ihn kratzen. Natürlich hab' ich mich geweigert, und schon springt er mir an die Kehle.«

»Und was ist mit Giorgio?« schrie Milton. »Meinst du, daß er noch lebt?«

»Wir haben nichts gehört. Das müßte bedeuten, daß er noch lebt. Wenn sie ihn umgelegt hätten, wäre schon jemand von Alba gekommen, um es uns zu melden.«

»Möglich, daß sie bei diesem Wetter lieber daheim geblieben sind.«

»Nicht bei einer so wichtigen Nachricht. Da hätte sich auch bei diesem Wetter bestimmt einer die Mühe gemacht.«

»Meinst du...«, fragte Milton, doch in diesem Augenblick packte ihn ein besonders heftiger Windstoß.

»Dort hinüber!« schrie Fabio, faßte Milton am Ellbogen und kämpfte sich mit ihm bis hinter einen Balken durch, der am Ortseingang von Trezzo stand.

»Meinst du«, fing Milton wieder an, als sie geschützt standen, »meinst du, daß er noch lebt?«

»Ich glaube schon. Sonst hätten wir was gehört. Sie werden ihm den Prozeß machen. Seine Eltern werden sicherlich den Bischof einschalten, und in so einem Fall geschieht nichts ohne Prozeß.«

»Wann wird das sein?«

»Das weiß ich nicht«, antwortete Fabio. »Ich weiß nur, daß einer unserer Männer eine Woche nach seiner Gefangennahme vor Gericht gestellt worden ist. Sie haben ihn dann gleich erschossen, als er aus dem Gerichtsgebäude kam.«

»Ich muß Gewißheit haben«, sagte Milton. »Und die kannst du mir nicht geben, Fabio.«

Fabio fuhr herum. »Bist du wahnsinnig, Milton? Wie sollte ich dir was Sicheres sagen können? Oder soll ich vielleicht zum Kontrollpunkt von Porta Cherasca gehen, die Mütze in der Hand...«

Milton hob die Hand, aber Fabio ließ sich nicht unterbrechen: »...die Mütze in der Hand und sagen: ›Verzeihung, die Herren Faschisten, ich bin der Partisan Fabio. Würden Sie vielleicht die Güte haben und mir sagen, ob mein Kamerad Giorgio noch am Leben ist?‹ Bist du wahnsinnig, Milton? Übrigens, bist du nur deshalb gekommen, um was von Giorgio zu erfahren?«

»Natürlich. Ihr seid am nächsten bei der Stadt.«

»Und was machst du jetzt? Gehst du nach Treiso zurück?«

»Ich bleibe über Nacht bei euch. Morgen gehe ich bis kurz vor Alba und schicke einen kleinen Jungen als Kundschafter in die Stadt.«

»Du kannst ruhig bei uns übernachten.«

»Aber ich möchte nicht mit zur Wache eingeteilt werden. Ich bin seit vier Uhr früh auf den Beinen und auch gestern den ganzen Tag marschiert.«

»Keiner verlangt, daß du Wache schiebst.«

»Dann zeig mir, wo ihr schlaft.«

»Wir schlafen verstreut«, erklärte Fabio. »Alba ist zu nahe, und die treiben sich jetzt auch nachts in der Gegend herum. Darum schlafen wir nicht alle an einer Stelle. Falls sie uns erwischen, muß dann nur ein Teil dran glauben.« Unterdessen war er vom Balken abgerückt und deutete mit dem Arm, der im Wind wogte wie ein Ast im Wasser, auf ein langgestrecktes Haus am Fuß des Hügels hinter Treiso, hinter einer Reihe von Feldern, die in der Dunkelheit wogten.

»Dort ist ein prima Stall«, fügte Fabio hinzu. »Und ziemlich viel Vieh, und die Fenster haben alle Scheiben.«

»Soll ich sagen, daß du mich schickst?«

»Nicht nötig. Du findest unsere Leute dort.«

»Kenne ich einen von ihnen?« fragte Milton. Der Gedanke, in Gesellschaft schlafen zu müssen, war ihm zuwider.

Fabio überlegte einen Augenblick, dann sagte er, daß Milton auch den alten Maté dort finden werde.

Es wurde Nacht, und Tausende von Bäumen bogen sich verzweifelt im Sturmwind. Milton hatte bald den Pfad unter den Füßen verloren, und ohne ihn erst lange zu suchen, stapfte er einfach quer über die Äcker, bis zu den Waden im Schlamm. Er bildete sich ein, das Haus käme überhaupt nicht näher und er laufe immerfort auf der Stelle.

Als er endlich auf dem Vorplatz stand, der beinahe ebenso schlammig war die die Äcker, und wenigstens einen Teil des Schlamms abstreifte, ließ ihn die schwarze Fassade des Hügels von Treiso plötzlich an Leo denken. »Ich hab' ihm schon einen Tag gestohlen, und morgen werde ich ihm noch einen stehlen. Und wenn die Welt einstürzen sollte deswegen. Wer weiß, wie ärgerlich und besorgt er ist, und vor allem wie enttäuscht. Ich kann's nicht ändern, aber es ist wirklich schade. Ausgerechnet er, der nicht wußte, welches verdienstvolle Etikett er mir geben sollte. Nach langem Kopfzerbrechen hat er es schließlich gefunden. Mustergültig. Ein mustergültiger Soldat. Er hat gesagt, ich sei großartig, weil ich immer kühl und vernünftig bliebe, auch wenn alle andern, er selbst inbegriffen, den Kopf verlören.«

Voller Bitterkeit ging er zur Stalltür und stieß sie heftig auf.

»He!« sagte eine Stimme. »Etwas sachte! Wir sind herzkrank.«

Er war auf der Schwelle stehengeblieben, atemlos wegen der Wärme, die aus dem Stall drang, geblendet vom Schein der Karbidlampen.

»Das ist doch Milton!« sagte die Stimme von vorhin, und Milton erkannte Matés Stimme und sah als erstes seine harten Gesichtszüge und die sanften Augen.

Es war ein großer Stall, erhellt von zwei Karbidlampen, die am Balken hingen. Sechs Ochsen standen an der Raufe und in einem Verschlag etwa ein Dutzend Schafe. Maté saß mitten im Stall auf einem Strohballen. Zwei andere Partisanen hockten auf dem Futtertrog und stießen mit den Knien immer wieder die Mäuler der Ochsen zurück, die sich an sie drängten. Ein anderer schlief auf dem Boden der Futterkiste, seine Füße ragten über den Rand der Kiste. Am Eingang zur Küche saß eine alte Frau auf einem Kinderstuhl und spann mit dem Rocken. Ihr Haar schien aus dem gleichen Material zu sein wie das Gespinst. »Guten Abend, Signora«, sprach Milton sie an. Neben der Alten kniete ein kleiner Junge auf mehreren übereinandergelegten Säcken und schrieb seine Hausaufgaben auf einem umgedrehten Bottich.

Maté deutete auf den Strohballen und forderte Milton auf, sich neben ihn zu setzen. Obwohl er nicht im Dienst war, trug er alle Waffen und hatte nicht einmal die Schuhe aufgeschnürt.

»Jetzt sag bloß, ich hätte dir Angst eingejagt«, meinte Milton, als er sich neben ihn setzte.

»Doch, ich schwör's dir. Ich hab' tatsächlich schon ein schwaches Herz. Dieses Handwerk greift das Herz mehr an, als wenn man Taucher wäre. Du hast die Tür wie mit einem Kanonenschlag aufgedonnert. Und dann, weißt du eigentlich, wie du aussiehst? Du hast dich wohl schon lange nicht mehr im Spiegel betrachtet?«

Milton wischte sich mit den Händen übers Gesicht. »Was habt ihr denn gerade gemacht?«

»Nichts. Vorhin haben wir geknobelt. Und seit fünf Minuten denke ich nach.«

»Worüber?«

»Es wird dir komisch vorkommen. Über meinen Bruder, der in Deutschland gefangen ist. Wenn uns auch hier unsere eigenen Probleme auf den Nägeln brennen, hab' ich doch an ihn denken müssen. Du hast keinen, der in Deutschland gefangen ist?«

»Nur Freunde und Schulkameraden. Hat es mit dem 8. September zu tun? War er in Griechenland oder in Jugoslawien?«

»Ach was«, erwiderte Maté. »In Alessandria war er, einen Katzensprung von zu Hause, aber er hat sich nicht mehr durchschlagen können. Andere aus unserem Ort waren damals in Rom, in Triest und weiß der Teufel wo, und sind heimgekehrt, nur er aus Alessandria nicht. Unsere Mutter hat bis zum letzten Septembertag in der Haustür gestanden. Wer weiß, wie sich das abgespielt hat. Und wenn man bedenkt, daß er alles andere als eine Schlafmütze war, im Gegenteil, er war sogar der Hellste von uns Brüdern. Alle möglichen Tricks hat er uns beigebracht, sogar Dinge, die mir jetzt als Partisan noch nützlich sind. Na schön, von meinem Bruder abgesehen, meine ich, wir sollten ruhig ein bißchen mehr an unsere Leute denken, die in Deutschland gefangen sitzen. Hast du vielleicht je von ihnen sprechen hören? Kein Mensch denkt noch an sie. Ich finde, wir sollten öfter an sie denken. Auch um ihretwillen sollten wir das Gaspedal ein bißchen mehr durchtreten. Meinst du nicht auch? Es muß doch verdammt ungemütlich sein hinterm Stacheldraht, wo man einen Mordshunger schiebt und fast den Verstand verliert. Ein einziger Tag weniger kann wichtig, kann entscheidend für sie sein. Wenn wir den Krieg nur um einen Tag abkürzen, bleibt vielleicht einer mehr am Leben, wird vielleicht einer weniger verrückt. Man muß sie so rasch wie möglich zurückholen. Und dann werden wir uns alles erzählen, wir und sie, und es wird schlimm genug für sie sein, wenn sie nur von Untätigkeit erzählen können und zuhören müssen, wie wir den Mund voll nehmen von unseren Taten. Was meinst du, Milton?«

»Ja, ja«, sagte Milton. »Aber ich dachte gerade an einen, der tausendmal schlimmer dran ist als alle, die man nach Deutschland abtransportiert hat. An einen, der sich sogar freiwillig nach Deutschland verpflichten würde, wenn er noch lebte. Für ihn wäre Deutschland so wichtig wie Sauerstoff. Hast du was von Giorgio gehört?«

»Giorgio Seidenpyjama?«

»Warum nennst du ihn Seidenpyjama?« fragte Riccardo, einer der beiden, die rittlings auf dem Futtertrog saßen.

»Sag's ihm nicht«, bat Milton leise.

»Das geht dich nichts an«, sagte Maté zu Riccardo, und dann gedämpft zu Milton: »Ich kann nichts dafür. Als ich hörte, daß sie ihn geschnappt haben, mußte ich sofort daran denken, wie er sich den Seidenpyjama angezogen hat, um im Stroh zu schlafen.«

»Was werden sie mit ihm machen?«

Maté starrte ihn mit aufgerissenen Augen an. »Das fragst du noch?«

»Aber vorher werden sie ihm den Prozeß machen.«

»Nun ja«, erwiderte Maté. »Das vielleicht. Bestimmt sogar, ganz bestimmt. Typen wie Giorgio stellen sie immer vor Gericht. Dich übrigens auch, falls sie dich schnappen. Dich würden sie auch vor Gericht stellen, eher noch als Giorgio.

Ihr seid Studenten, was Besseres, hübsche Verpackung zum
Aufreißen. Leute wie euch stellt man vor Gericht. Euch
macht man den Prozeß, verstehst du? Aber Kerle wie ich
und die beiden da hinten, wir sind nicht interessant genug.
Wenn sie die fassen, schleudern sie sie an die Wand und
schießen schon, wenn sie erst halb aufgerichtet sind. Aber
damit wir uns recht verstehen, Milton, ich bin dir deswegen
nicht etwa böse. Gleich krepieren oder drei Tage später –
was macht das schon aus?«

»Gottverdammte Faschisten!« sagte der kleine Junge.

Die Großmutter drohte ihm mit dem Rocken. »Daß ich
das nicht noch mal von dir höre! Feine Sachen lernst du da
mitten unter den Partisanen!«

»Ich kann das nicht!« sagte er zu ihr und zeigte auf seine
Hausaufgaben.

»Versuch's noch mal, und du wirst sehen, daß du's
kannst. Die Lehrerin gibt euch nichts auf, was ihr nicht
könnt.«

Pinco, der andere auf dem Futtertrog, sagte: »Meint ihr
den, den sie gestern früh an der Abzweigung nach Manera
geschnappt haben?«

»Nicht gestern früh«, bemerkte Milton, »vorgestern
früh.«

»Du vertust dich wohl«, sagte Maté flüsternd zu Milton,
»es war gestern früh.«

»Habt ihr von dem gesprochen?« beharrte Pinco. »Na, die
Art, wie sie den geschnappt haben, will mir nicht recht gefallen.«

Milton fuhr herum. »Was willst du damit sagen?« Seine
Augen traten fast aus den Höhlen, während er den verdammten Fremden anstarrte, der an Giorgio etwas auszuset-
zen hatte und damit auch Fulvia beleidigte. »Was willst du
damit sagen?«

»Ich will sagen, daß er nicht der Typ war, der sich bis zum letzten verteidigte wie Blackie, oder sich gleich in den Mund schoß wie Nanni.«

»Es war neblig«, erwiderte Milton, »und im Nebel konnte er weder das eine noch das andere tun. Er hatte nicht mal Zeit zu begreifen, was los war.«

»Pinco«, sagte Maté, »du hättest besser den Mund gehalten. Kannst du dich denn nicht mehr daran erinnern, was für einen Nebel wir gestern morgen hatten? Als die Faschisten auf ihn gestoßen sind, hätten sie ebensogut auf einen Baum oder eine weidende Kuh stoßen können.«

»In diesem Nebel«, bekräftigte Milton, »hat er sich gar nicht bewähren können. Es kam alles viel zu plötzlich. Aber er hatte Mut, das kann ich dir versichern. Hätte er die Möglichkeit dazu gehabt, so hätte er sich in den Mund geschossen wie Nanni. Er hat es mir schon einmal bewiesen. Letztes Jahr im Oktober, als noch keiner von uns bei den Partisanen war, ja, als die Partisanen noch ein Geheimnis waren. Ihr wißt alle so gut wie ich, wie es in diesem Oktober in Alba ausgesehen hat. Grazianis Bekanntmachungen an allen Straßenecken, die Deutschen, die noch auf ihren Motorrädern mit Beiwagen und Maschinengewehr herumfuhren, die ersten Faschisten, die wieder Morgenluft witterten, die übergelaufenen Carabinieri...«

»Ich«, unterbrach Pinco, »ich habe einen dieser übergelaufenen Carabinieri entwaffnet...«

»Laß mich zu Ende reden!« sagte Milton heftig zwischen den Zähnen.

Ihre Familien hatten sie eingesperrt, auf dem Dachboden oder im Keller, und wenn man sie überhaupt ins Freie ließ, dann mit so viel Gerede über Verantwortung und Schuld, daß sie sich wie Mörder ihrer Väter vorkamen, wenn sie nur auf die Straße gingen. Doch eines Abends in jenem Oktober hatten Milton und Giorgio es nicht mehr ausgehalten, ewig eingesperrt und versteckt zu sein, und waren mit Hilfe des Dienstmädchens der Clericis ins Kino gegangen. Es lief gerade ein Film mit Viviane Romance.

»Ich kann mich noch an sie erinnern«, sagte Riccardo, »sie hatte einen Mund wie eine Banane.«

»Wo gab's denn diesen Film?« erkundigte sich Maté penibel. »Im Eden oder im Corino?«

»Im Corino. Ich sagte meiner Mutter, daß ich nur schnell bei unserm Nachbarn Zigaretten holen wollte, der schwarz damit handelte, und Giorgio wird für seine Eltern was Ähnliches erfunden haben.«

Auf vielen Umwegen erreichten sie das Kino. Sie gingen ohne Angst, aber voll von Gewissensbissen. Sie begegneten keiner Menschenseele, doch am meisten überraschte sie das Wetter, es zog gerade ein Gewitter auf. Es regnete noch nicht, aber die vielen Blitze zuckten so tief, daß die Straßen fortwährend violett überschwemmt wurden. So erreichten sie das Kino, und schon im Vorraum wurde ihnen klar, daß der Zuschauerraum fast leer sein würde. Die Kassiererin reichte ihnen die Karten mit mißbilligender Miene. Sie gingen nach oben auf den Rang. Außer ihnen waren nur fünf Leute dort, die sich alle in die Nähe des Notausgangs gesetzt hatten. Milton lehnte sich an die Brüstung und warf einen Blick ins Parkett hinunter. Etwa fünfzehn Zuschauer, lauter kleine Jungen, alle noch nicht im wehrpflichtigen Alter, die eine Kontrolle nicht zu fürchten brauchten. Die Notausgänge standen weit offen, obwohl der Wind hereinblies und das Donnern draußen störte.

»Wovon handelte der Film?« fragte Riccardo.

»Ist doch egal. Ich sage dir nur den Titel: *Die blinde Venus*.«

Noch vor Ende des zweiten Teils waren die beiden allein auf dem Rang. Die wenigen andern waren schon viel früher gekommen und hatten den ganzen Film bereits gesehen. Kein einziger neuer Besucher war gekommen. Milton und Giorgio wechselten den Platz und setzten sich dicht an das Brüstungsgeländer, um das Parkett überschauen zu können, sozusagen als Rückversicherung. Da hörten sie plötzlich Geschrei und Lärm im Vorraum und sahen die Zuschauer im Parkett zu den Notausgängen rennen. »Da haben wir's!« sagte Milton zu Giorgio. »Verdammte Viviane Romance!« Milton stürzte zum Notausgang, aber die Tür war versperrt, von außen verschlossen. Er stemmte sich mit den Schultern dagegen, aber die Tür gab nicht nach. Unten ging der Tumult weiter, ja er wurde stärker. Man schrie, rannte, schlug Türen zu, hämmerte gegen die Wand. »Sie kommen rauf!« rief er Giorgio zu und rannte zum normalen Ausgang, weil er hoffte, er könne ihnen auf der Treppe zuvorkommen, auf den Außenbalkon gelangen und sich die vier Meter in den Hof hinunterfallen lassen. Er tat dies, obwohl er überzeugt war, daß es schon zu spät war, daß er den Faschisten, die auf dem letzten Treppenabsatz vier Stufen auf einmal nahmen, höchstens noch einen in den Magen verpassen konnte. Schon losstürmend, warf er einen letzten Blick auf Giorgio und sah ihn schwankend rittlings auf der Brüstung sitzen.

»Wer von euch schon mal im Corino war, weiß, daß es vom Rang bis zum Parkett zehn Meter Fallhöhe sind. Nun, Giorgio war drauf und dran, sich hinunterzustürzen und auf dem eisernen Gestühl des Parketts zu zerschmettern. ›Nein!‹ schrie ich, er aber antwortete nicht, sah mich nicht mal an, sondern starrte nur immer auf die Tür vor mir, um den Moment abzupassen, wenn die Faschisten eindringen würden. Doch unten wurde es wieder ruhig. Nichts war passiert, keine Faschisten, meine ich. Es war nur ein versuchter Kassendiebstahl, die Kassiererin hatte geschrien, das Personal war herbeigerannt und so weiter, dabei hatte jedermann an eine faschistische Razzia gedacht. Aber das Ganze hat mir gezeigt, daß Giorgio Mut hat. Bei der ersten Faschistenfresse hätte er sich zu Tode gestürzt.«

Die andern schwiegen, dann sagte Maté: »Mir scheint, daß Giorgio sich umbringt, wenn sie ihn noch nicht kaltgemacht haben. Ich seh' ihn in der Zelle vor mir. Wenn er darüber nachdenkt, was ihm passiert ist, wird er sich aus Wut und Verzweiflung den Kopf an der Wand einrennen.«

Wieder Schweigen. Dann sagte der kleine Junge zu seiner Großmutter: »Es hat keinen Zweck, ich bring' den Aufsatz nicht fertig!«

Die Alte seufzte und wandte sich an die Partisanen: »Ist denn keiner unter euch so was ähnliches wie Lehrer?«

Maté deutete auf Milton, und Milton erhob sich mechanisch, ging auf den kleinen Jungen zu und beugte sich über ihn.

»Der ist mehr als ein Lehrer«, flüsterte Maté der Alten zu, »der ist sogar Professor. Er kommt geradewegs von der Universität.«

Und die Alte: »Sieh einer an, was für vornehme Leute dieser verfluchte Krieg in unsere ärmliche Gegend verschlägt!«

»Wie heißt denn das Thema?« fragte Milton.

»Die Bäume, unsere Freunde«, buchstabierte der Kleine mühsam.

Milton richtete sich mit einer Grimasse wieder auf. »Das kann ich nicht. Es tut mir leid, aber dabei kann ich dir nicht helfen.«

Und der kleine Junge: »Du bist Lehrer, wie... Aber gottverdammte Faschisten, warum bist du dann erst gekommen, wenn du mir doch nicht helfen kannst?«

»Ich ... dachte ... es wäre ein anderes Thema.«

Er ging in eine Ecke des Stalls und breitete einen Strohballen aus. Er mußte endlich schlafen. Er hoffte, daß er im Verlauf von zehn Minuten wie Blei schlafen würde. Der Unteroffizier von vorhin sollte ihn nicht daran hindern, der war selbst an seinem Tod schuld, er, Milton, hatte nichts damit zu schaffen. Übrigens hatte er nicht mal sein Gesicht gesehen. Wehe, wenn er jetzt nicht schlafen konnte! Er war ganz schwach, erledigt, fertig. Dünner als ein Blatt fühlte er sich, wie ein aufgeweichtes Blatt.

Riccardo, der immer noch auf dem Futtertrog hockte, fragte laut: »Wie alt bist du eigentlich genau, Maté?«

»Sehr alt«, erwiderte Maté. »Fünfundzwanzig.«

»Ja, sehr alt. Fast schon Freibankfleisch.«

»Trottel!« antwortete Maté. »So hab' ich das nicht gemeint. Erfahren wollte ich sagen. Ich hab' schon zu viele dabei draufgehen sehen. Aus Ungeduld, aus Verlangen nach einer Frau, aus Gier nach Tabak oder weil sie unbedingt im Auto Partisan spielen wollten.«

Milton warf sich auf dem Stroh hin und her, die Augen hielt er immer mit den Händen bedeckt. »Morgen. Was soll ich bloß morgen tun? Wo soll ich noch suchen? Es ist ja doch alles sinnlos. Es ist aus mit dem Unteroffizier, es ist alles aus. Solche Gelegenheiten bieten sich nur einmal. Aber dieser Idiot...! Wer weiß, ob sie ihn schon gefunden haben oder ob er noch da oben liegt, allein im Dunkeln, im Morast. Aber warum, warum bloß? Er hat sich eingeredet, daß ich ihm was vormachen wollte, solange wir noch in Reichweite der Patrouillen waren, und einmal darüber hinaus hätte ich... Idiot! Aber morgen, was soll ich morgen bloß tun, wenn ich nicht mal weiß, wo ich suchen könnte!«

Obwohl er sich die Ohren halb zuhielt, hörte er doch die andern reden und litt entsetzlich darunter.

Pinco hatte das Gespräch auf die neue, junge Dorfschullehrerin gebracht, die man in Vertretung der alten, kranken

Lehrerin hergeschickt hatte. Pinco gefiel sie und Riccardo nicht minder.

»Laßt doch die arme Lehrerin in Frieden!« sagte die Alte.

»Warum denn? Wir wollen ihr ja nichts Böses tun, sondern was Gutes.« Pinco lachte.

»Ihr werdet schon sehen«, sagte die Alte, »ihr werdet sehen, was das alles für ein Ende nimmt!«

»Sie reden von alten Leuten«, sagte Riccardo, »aber das geht uns nun wirklich nichts an, überhaupt nichts.«

»Habt ihr's schon wieder mit den Lehrerinnen?« fragte Maté. »Nehmt euch bloß vor den Lehrerinnen in acht, Jungs, das ist eine Sorte, bei denen ist der Faschismus in Fleisch und Blut übergegangen. Ich weiß nicht, was der Duce mit denen angestellt hat, aber neun von zehn sind garantiert Faschistinnen. Ich könnte euch von einer Lehrerin erzählen, von einer für alle...«

»Erzähl doch!«

»Faschistin bis unter die Fingernägel«, fuhr Maté fort. »Eine von denen, die davon träumten, mit Mussolini einen Sohn zu zeugen. Und auch in das Schwein von Graziani war sie verknallt.«

»Moment mal!« unterbrach Pinco. »War sie jung? War sie hübsch? Das muß man als erstes wissen.«

»Um die dreißig wird sie gewesen sein«, wurde Maté genauer, »und ein schönes Frauenzimmer. Ein bißchen kräftig, ein bißchen ins Männliche, aber gut gekleidet und gut gebaut. Vor allem hatte sie eine wunderbare Haut, wie Seide.«

»Na, Gott sei Dank«, erwiderte Pinco, »wäre sie alt und häßlich gewesen, hättest du dir das Erzählen sparen können, und wenn's die interessanteste Geschichte der Welt gewesen wäre!«

»Als wir erfuhren, daß sie gegen uns hetzte... Moment mal. Ich habe vergessen zu sagen, daß ich damals noch bei der Stella Rossa war. Wir lagen auf den Hügeln von Mombarcaro, man könnte sie für Berge halten. Unser Kommissar hieß Max und hatte als Helfershelfer einen gewissen Alonzo, der den Spanienkrieg mitgemacht hatte und sich *delegado militar* nannte. Ich weiß nicht, was für ein Dienstgrad das ist, aber in Spanien muß er tatsächlich gewesen sein, jedes dritte Wort von ihm war spanisch; auch ohne die Sprache zu können, merkte man doch, daß er nicht bluffte. Aber es ist ja nicht so wichtig, daß er in Spanien war, Hauptsache, daß es sich um jemand handelt, der zu töten verstand. Ich hab' ihn dabei gesehen, aber auch wenn ich ihn nicht gesehen hätte, wußte ich doch, daß er einer von denen war, der töten wollte und es verstand. So was merkt man an den Augen, an den Händen und auch am Mund.«

Ringsum war ein Gemurmel der Zustimmung, und Maté fuhr fort: »Die besagte Lehrerin wohnte und arbeitete in Belvedere, zehn Kilometer von unserm Stützpunkt entfernt. Als wir hörten, daß sie gegen uns hetzte – und dieses dämliche Weib hatte noch nicht den Mund aufgemacht, da kamen sie schon und hinterbrachten es uns –, ließ Kommissar Max sie ein erstes Mal verwarnen. Unserm Kameraden, der ihr die Warnung überbrachte, ein braver, vernünftiger Junge, lachte sie ins Gesicht und überhäufte ihn mit Beschimpfungen, sie hängte ihm solche an, die eine Lehrerin nicht mal kennen dürfte. Der kümmerte sich nicht drum, denn schließlich war sie eine Frau. Dann hinterbrachte man uns, sie hätte auf dem Dorfplatz gesagt, die Faschisten müßten uns alle mit MGs abknallen. Wir gingen drüber weg. Das nächste Mal sagte sie, die Faschisten müßten mit Flammenwerfern anrücken, und sie würde gern sterben, nachdem sie zugesehen hätte, wie wir alle geröstet wurden. Daraufhin ließ Max sie ein zweites Mal verwarnen. Dieses Mal war einer bei ihr, der war härter als der erste, aber er wurde genauso empfangen, und er zog fluchend ab, sonst hätte er sie auf der Stelle totgeschlagen. Kapiert ihr, diese Lehrerin war ein merkwürdiges Exemplar, amüsant vielleicht, aber nur, wenn man noch nicht verbittert war. Also, es ging weiter wie bisher, sogar noch schlimmer, und eines Abends, als wir aus der Ebene zurückkamen – wir froren, hatten Hunger und hatten keinen Tropfen Benzin auftreiben können, obwohl wir eigens deswegen losgefahren waren –, ließ Max den Lkw in Belvedere halten. Der Vater der Lehrerin machte uns auf und begriff im Nu, was die Stunde geschlagen hatte. Er warf sich vor uns auf den Boden und wälzte sich dort. Wir traten ein, mußten dabei über ihn hinwegsteigen, und er versuchte, uns von unten an den Beinen aufzuhalten. Auch seine Frau kam und warf sich vor uns auf die Knie. Sie gab uns hundertmal recht, wir sollten sie nur nicht umbringen.«

Die Alte stand auf und sagte zu ihrem Enkel: »Komm, es ist Zeit zum Schlafengehen.«

»Nein, nein, ich will hierbleiben und zuhören!«

»Ins Bett, aber marsch!« und mit dem Gestell des Spinnrockens dirigierte sie ihn zur Küchentür. Zu den Partisanen sagte sie gute Nacht und: »Hoffentlich wachen wir morgen früh lebendig auf.«

Maté wartete, bis die beiden draußen waren, und fuhr dann fort: »Wir sollten sie nur nicht umbringen. Sie sei ihre einzige Tochter, und für ihr Lehrerinnendiplom hätten sie so viele Opfer gebracht. Die Mutter wollte sich von jetzt an selbst um sie kümmern, auch auf die Gefahr hin, daß sie zu nichts anderem mehr käme, nicht mal zum Kochen, sie würde sie bewachen, würde ihr den Mund stopfen, wie einem kleinen Kind. Auch der Vater fand die Sprache wieder, er sagte, daß er ein guter Bürger wäre und im vorigen Krieg ein guter Frontsoldat gewesen wäre und unendlich mehr für Italien getan hätte als Italien für ihn. Also, er bot seinen guten Ruf als Ausgleich, als Wiedergutmachung für die verdrehten Vorstellungen seiner Tochter an. Doch Max erwiderte, es sei unmöglich und zu spät, man habe lange genug mit seiner Tochter Geduld gehabt, so lange, daß es schon fast nach Verrat an der eigenen Sache stänke. In diesem Augenblick kam sie selber hervor, die Lehrerin. Wahrscheinlich hatte sie sich in irgendeinem Winkel des Hauses versteckt, aber dann hatte sie das Gejammer ihrer alten Herrschaften nicht mehr mit anhören können. Übrigens war sie mutiger als mancher Mann. Kaum war sie im Zimmer erschienen, da stieß sie auch schon ihre Schimpftiraden aus, und der erste, der sie abbekam, war Max. Sie spuckte auch, aber wie die meisten Frauen konnte sie nicht spucken, und die Spucke fiel auf ihren Pullover. Alonzo der Spanier stand neben mir, gleich hinter Max, und sagte leise: ›Erschießen, erschießen, erschießen!‹ mit der Regelmäßigkeit einer Uhr. Alonzo flüsterte es in den Kragen von Max, und Max wiegte den Kopf, fast als sei er selbst davon überzeugt. ›Versucht doch, mich zu erschießen, Verbrecherpack!‹ schrie die Lehrerin. Ein Kamerad kommt zu mir herüber, einer, der alles andere war als blutrünstig, und sagt: ›Maté, die bringen's fertig und erschießen sie am Ende wirklich. Das schmeckt mir nicht. Das ist zuviel, das ist im Grunde zuviel für eine Frau, die mit dem Unterleib denkt.‹ – ›Allerdings‹, sage ich, ›und dieser verdammte Spanier hört nicht auf und bringt uns noch alle soweit.‹ – ›Tatsächlich‹, erwidert mein Kamerad, ›sieh dir doch Max an, Alonzo hat ihn ja schon fast soweit!‹ Da geht ein einfacher Partisan an Max vorbei, tritt auf die Lehrerin zu und sagt: ›Das war sehr häßlich von dir, daß du uns den Tod unter Flammenwerfern gewünscht hast. Das hättest du nicht tun sollen!‹ Und als ihm die Lehrerin ins Gesicht lacht, tritt er noch einen Schritt vor und hebt die Hand, um sie zu ohrfeigen, um ihr die Visage wie eine Fensterscheibe einzuschlagen. Doch Max hält ihm die Hand fest und sagt: ›Halt! Wir erteilen ihr eine richtige Lektion. Halbe Lektionen würden jetzt alles nur schlimmer machen!‹ Und: ›Erschießen, erschießen!‹ flüstert Alonzo immer wieder, jetzt entschlossener denn je. Mein Kamerad wendet sich wieder an mich: ›Maté, ich kann nicht mit ansehen, wenn man sie erschießt. Wir müssen um Gottes willen was tun!‹ Da sag' ich zu ihm, er soll mir vor Alonzo Rückendeckung geben, trete vor, hebe die Hand und bitte ums Wort. ›Was willst du?‹ fragt Max, ganz schweißbedeckt. ›Ich will meine Meinung sagen. Demokratisch. Also, ich würde sie nicht an die Wand stellen, Kommissar. Im Grunde ist sie nur eine Frau, die mit dem Unterleib denkt. Zur Strafe würde ich vorschlagen, daß wir mit ihr so verfahren, wie die Titoisten mit den Jugoslawinnen, die mit den Faschisten gehen. Scheren wir ihr den Kopf kahl!‹ Max blickt sich um, sieht, daß die Mehrheit auf meiner Seite ist, wirft mir sogar einen erleichterten und dankbaren Blick zu, nur Alonzo wird ganz weiß vor Wut, spuckt mir auf den Schuh und schreit: ›Ratero!‹«

»Was heißt denn Ratero?« fragte Pinco.

»Das weiß ich nicht, ich hab's mir auch nie übersetzen lassen. Aber ich war grün und gelb vor Wut, nicht so sehr wegen diesem Wort, sondern wegen dem schmutzigen Stück Lunge auf meinem Schuh. Ich stieß Alonzo den Kopf in die Brust, und er sackte zusammen, als wäre er aus Seidenpapier. Und schon war ich über ihm und wischte mir den Schuh an der Haut seines Gesichts ab. Wie ich wieder aufstand, schwieg Max, und die Lehrerin grinste. Stellt euch vor, sie grinste. Doch als Max sagte: ›Einverstanden, sie wird nicht umgelegt, alles in allem ist sie nicht mal die Kugeln wert, sie wird kahlgeschoren, wie Maté sagt‹, da verging ihr das Lachen, sie faßte sich an den Kopf, zog aber die Hände gleich wieder zurück, als ob sie den Abscheu vor dem glattgeschorenen Schädel spürte. Einer, der Polo hieß, übernahm die Sache und befahl der Mutter der Lehrerin, ihm die Schere zu bringen. Die Alte stand ganz betäubt da, froh, daß man die Tochter nicht umbrachte, aber zugleich aus der Fassung gebracht über die Neuartigkeit der Schmach, die wir ihr zufügen würden, und so hörte sie nicht auf Polo. ›Spute dich, Tante‹, sagte Polo zu ihr und stieß sie in die Hüfte, ›das Haar wächst wieder nach, das Leben nicht!‹ Inzwischen hatte man sie gepackt und rittlings auf einen Stuhl gesetzt, die Stuhllehne zwischen den Beinen. Ihr Rock rutschte hoch, man konnte die halben Schenkel sehen. Die hätten dir gefallen, Pinco, du bist ja für Substanz. Sie waren kräftig wie bei einem Radrennfahrer. Polo hatte die Schere schon in der Hand, aber die Lehrerin warf den Kopf hin und her, damit Polo nicht rankonnte, und so mußte Polo zwei von uns rufen, die ihr den Kopf festhielten. Die Schere war groß und stumpf, das Schneiden ging schlecht und mühsam. Immerhin schnitt Polo und brachte allmählich den Schädel zum Vorschein. Jungs, laßt euch nie einfallen, mit anzusehen, wie eine Frau kahlgeschoren wird, seht nie ihre Birne an, und versucht auch nicht, euch das vorzustellen. Es ist die häßlichste Rübe, die man sich denken kann, und dieser Eindruck weitet sich auf den übrigen Körper aus. Aber, so grauenhaft es ist, hält es einen zugleich doch gefangen. Starr, wie hypnotisiert, standen wir da, und die Lehrerin wehrte sich nicht mehr, aber sie beschimpfte und verfluchte uns mit einer Stimme, die schon ganz heiser geworden war und dadurch noch mehr Eindruck machte. Einer von uns verdrückte sich, schlich hinaus zum Lkw. Die Bewegungen der Lehrerin waren zugleich voll Leiden und Begierde, der Rock rutschte ihr immer höher, jetzt konnte man schon die Strumpfbänder sehen. Max wischte sich den Schweiß vom Gesicht und sagte Polo, er soll sich ranhalten. Polo beschwerte sich über die Schere, schimpfte, daß er sich für diese Operation hergegeben hatte, und seine Finger waren vom Druck des Eisens schon ganz violett. Die Lehrerin war jetzt erschöpft, sie wimmerte nur noch wie ein Kind. Ihr Vater saß zusammengesunken auf dem Sofa, den Kopf zwischen den Händen, und durch die Finger sah er teilnahmslos zu, wie die Haarbüschel seiner Tochter auf den Fußboden regneten. Ihre Mutter hatte sich vor ein Madonnenbild gekniet und betete, ohne Regung und ohne Tränen. Den Kopf der Lehrerin konnte man nicht mehr ansehen. Unsere Leute hatten sich inzwischen fast alle verkrümelt. Ich ging auch raus, und wißt ihr, wie ich sie vorfand? Sie standen in einer Reihe am Straßenrand, den Rücken zum Dorf, das Gesicht zum Tal. Es war schon dunkel, aber ich konnte sehr gut sehen, was sie da machten.«

»Was machten sie denn?« fragte Pinco.

Riccardo versetzte ihm einen Schubs, und Maté riß die Augen gegenüber Pinco auf.

»Sag mir doch, was sie machten«, wiederholte Pinco.

»Du hast so viele Allüren, Pinco, aber in Wirklichkeit sind sie alle hohl. Hör auf mich, Pinco. Du mußt noch manches dazulernen.«

Sie schwiegen lange. Die Wärme im Stall nahm ab und verlor sich, die meisten Tiere waren eingeschlafen und atmeten sparsam. Dann sagte Riccardo leise zu Pinco: »Ich richte mich nur nach einem einzigen Glauben, und das ist, nie einen Menschen umzubringen, außer im Gefecht. Wenn ich imstande wäre, einen andern einfach kaltblütig umzubringen, würde ich selbst auch einmal so enden. Das ist mein einziges Bekenntnis.«

Dann hörte man die ganze Welt draußen vibrieren, und einen Augenblick später trommelte der Regen auf das Dach. Schnell wurde es ein Prasseln, und Maté rieb sich zufrieden die Hände, wie ein altes Männlein. Als er schlafen ging, warf er einen Blick auf Milton, der bäuchlings auf dem Stroh ausgestreckt lag. Gewiß schlief er bereits, obwohl er in allen Gelenken zitterte und mit Händen und Füßen unablässig das Stroh bearbeitete.

Aber Milton schlief nicht. Er dachte zurück an die Hausmeisterin in Fulvias Villa und fühlte, daß ihm ganz wirr im Kopf wurde. »Aber vielleicht habe ich alles ganz falsch aufgefaßt. Vielleicht habe ich übertrieben. Habe ich sie überhaupt richtig verstanden, ihre Worte richtig ausgelegt? Ich bin ganz wirr im Kopf, aber ich muß mich zusammennehmen. Was hat die Hausmeisterin gesagt? Hat sie das von Giorgio und Fulvia wirklich gesagt? Habe ich es mir nicht zufällig eingebildet? Doch, sie hat es gesagt. Das hat sie gesagt ›......‹ und das ›......‹. Ich sehe noch die Falten um ihren Mund, als sie es sagte. Aber kann es nicht sein, daß ich es falsch verstanden habe? Daß ich eine ganz andere Bedeutung hineingelegt habe? Aber nein, es hatte schon diese Bedeutung, es war die einzig mögliche Bedeutung. Eine ... besondere ... enge Beziehung. Moment mal! Wollte die Frau überhaupt so weit gehen, oder habe ich sie so weit getrieben? Habe ich nicht übertrieben? Nein, nein, sie hat es klar ausgesprochen, und ich habe es richtig verstanden. Aber warum wollte sie, daß ich es erfuhr? Das sind doch Dinge, die man normalerweise gerade denen verschweigt, die es angeht. Sie wußte, daß ich in Fulvia verliebt war und es noch bin. Sie mußte es wissen, sie vor allem. Der Wachhund, die Wände der Villa, die Blätter der Kirschbäume, sie alle wußten, daß ich in Fulvia verliebt war. Und ob sie es wußte, sie, die so oft gelauscht hat, wenn ich mit Fulvia redete. Aber warum mußte sie mir dann diese Enttäuschung bereiten, mich so ernüchtern, mir die Augen öffnen? Aus Sympathie? Ja, ein bißchen Sympathie hatte sie für mich. Aber tut man so was bloß aus Sympathie? Sie mußte doch wissen, daß ihre Worte mich wie Bajonette durchbohrten. Was konnte ihr daran gelegen sein, mich so unvermittelt zu durchstechen? Vielleicht meinte sie, es sei der passendste, der ungefährlichste Augenblick für mich. Sie hatte es mir solange verschweigen wollen, wie ich nur ein Junge war. Aber als sie mich wiedersah, dachte sie, daß ich jetzt ein Mann sei, daß der Krieg mich zum Mann gemacht hätte und daß ich's jetzt ertragen könnte... O ja, ich hab's wohl ertragen, wirklich, es hat mich durchbohrt wie ein wehrloses, nacktes Kind. Ich kann nur hoffen, daß sie ernsthaft geredet hat, daß sie mich nicht eine Welt voll Zweifel und Leid auf ein paar leichtfertig hingesagte Worte hat konstruieren lassen. Genau wie Fulvia mich vielleicht eine ganze Welt von Liebe hat aufbauen lassen auf Worte, die sie ebenfalls nur so dahingesagt hat... Schluß, Schluß damit! Mir war nicht gut, weil ich nicht wußte, was ich morgen tun, wohin ich gehen, wie ich mich entscheiden sollte. Jetzt aber weiß ich, was ich morgen tun werde. Ich gehe noch einmal zu Fulvias Haus und zu der Frau und lasse mir alles in allen Einzelheiten wiederholen. Ich werde ihr die ganze Zeit in die Augen sehen, ohne ein einziges Mal auch nur mit der Wimper zu zucken. Sie wird mir alles noch einmal wiederholen und auch das hinzufügen müssen, was sie mir beim letzten Mal nicht gesagt hat.«

## 12

Es war genau neun Uhr morgens. Der Himmel war über und über mit Schäfchenwolken bedeckt, darunter hingen ein paar eisengraue Wolljäckchen, und in einem von ihnen steckte der Mond, stückchenweise zu sehen, durchsichtig wie ein abgelutschtes Bonbon. Der Regen drückte sichtlich gegen die letzte Himmelsschicht, aber vielleicht, dachte der Oberleutnant, wäre die Angelegenheit noch vor dem ersten Schauer erledigt.

Der Oberleutnant ging am Unteroffiziersraum vorbei, der zur Aufbahrung des Unteroffiziers Alarico Rozzoni hergerichtet wurde, trat in die Mitte des Hofes und winkte dem wachhabenden Unteroffizier.

»Bring Bellini und Riccio hierher in den Hof!« sagte er, nachdem er sich vorgestellt hatte.

»Bellini ist mit dem Dienst draußen auf dem Schlachthof.«

Also würde Riccio der erste sein, dachte der Oberleutnant, ausgerechnet Riccio, von beiden der jüngere Kerl, nicht einmal fünfzehn wie Bellini.

»Bring mir Riccio raus!«

»Wahrscheinlich ist er in der Küche oder im Keller. Ich frag mal, ob ihn jemand gesehen hat«, erwiderte der Unteroffizier.

»Wir wollen die Sache nicht an die große Glocke hängen. Hol ihn selbst. Und sag ihm, daß im Hof ... Material auszuladen ist.«

Der Unteroffizier runzelte die Stirn und warf dem Oberleutnant einen vielsagenden Blick zu. Er konnte sich das erlauben, weil sie beide aus den Marche stammten. Der Oberleutnant antwortete mit den Augen. Dann sagte der Unteroffizier mit einem kurzen Seitenblick auf die Kommandantur: »Ich bin ja auch dafür, Rozzoni zu rächen. Und ob ich dafür bin! Aber ich würde das doch lieber mit einem dieser Erzhalunken abmachen, die dreist und hochmütig auf den Hügeln rumlaufen...«

»Nichts zu machen!«

»Das sind doch zwei kleine Bengels, die nur Meldegänger gewesen sind, zwei kleine Jungen, die das alles für eine Spielerei gehalten haben...«

»Nichts zu machen!« wiederholte der Oberleutnant. »Befehl vom Kommandeur!«

Der Unteroffizier ging in Richtung Küche, und der Oberleutnant streifte sich hastig die Handschuhe ab und zog sie dann langsam wieder an. Er hatte kein Wort erwidert, auch weil der sardische Hauptmann nichts hatte verlauten lassen. Beide hatten sie die Hacken zusammengeschlagen. »Wegen einer Hure haben sie ihn kaltgemacht«, hatte der Kommandeur gesagt. »Es tut mir zwar nicht leid um ihn, aber ich werde ihn rächen. Und ich räche ihn sofort an den Gegnern, die ich gerade bei der Hand habe. Keiner meiner Leute, egal wie er gefallen ist, soll ungerächt bleiben!« Sie hatten die Hacken zusammengeschlagen. Den Befehl aber hatte er bekommen, der sardische Hauptmann war oben geblieben, um die Bekanntmachung abzufassen, die am Nachmittag in ganz Canelli angeschlagen werden sollte, um die Bevölkerung zu unterrichten.

Die Schäferhündin, die sie als Maskottchen hielten, trottete über den Hof, die Schnauze am Boden. Der Oberleutnant sah ihr nach, bis er Riccios Holzpantinen über den Hof klappern hörte. Er trug kurze Hosen mit Tarnmuster und einen dünnen, ganz zerfetzten und verdreckten Pullover. Sein Haar war so lang, daß es hinten wie in einem Zopf herunterhing, und keine Minute verging, ohne daß er sich wie verrückt am Kopf kratzte.

»Nimm Haltung an!« sagte der Unteroffizier zu Riccio.

»Laß es gut sein!« flüsterte der Oberleutnant. Dann wandte er sich an Riccio: »Geh ein bißchen mit mir im Hof auf und ab!«

»Aber Herr Oberleutnant, wo ist denn das Zeug zum Ausladen?« fragte der Junge und spuckte sich in die Hände.

»Es gibt nichts zum Ausladen«, brummte der Oberleutnant.

Nach ein paar Schritten bemerkte er, daß Riccio einen geschwollenen Unterkiefer hatte. »Haben sie dich verprügelt?«

In Riccios durchtriebenen und zugleich sanften Augen zuckte es belustigt auf. »Ach was, verprügelt«, antwortete er. »Es sieht nur so aus, als hätten sie mich verhauen, aber es ist nichts weiter als Zahnweh. Nein, sie haben mich nicht verhauen, sie haben mir sogar ein Pyramidon gegeben.«

»Tut's weh?«

»Nicht sehr, jetzt, wo das Pyramidon anfängt zu wirken.«

Der Hof war verlassen, nur sie beide waren da, und die Hündin, die jetzt, immer noch mit der Schnauze am Boden, an der Umfassungsmauer entlanglief, die den Hof gegen den Wildbach abgrenzte. Der Oberleutnant wußte, daß hinter dieser Mauer der Unteroffizier hervorkommen mußte, wenn er nicht schon da war...

»Aber wo ist denn das Zeug zum Ausladen?« fragte Riccio noch einmal.

»Es gibt nichts zum Ausladen!« antwortete der Oberleutnant, diesmal klar und deutlich.

Aus dem Bogengang waren drei Soldaten aufgetaucht, die Riccio mit dem Gewehr in der Hand folgten.

»Für nichts und wieder nichts haben Sie mich und Bellini noch nie geholt«, sagte Riccio und kratzte sich an der Stirn.

»Du sollst mir zuhören«, erwiderte der Oberleutnant.

Riccio nahm Haltung an, dann aber drehte er sich mit einem Ruck zu den dreien um, die hinter ihm stehengeblieben waren.

»Und die da...?« fing Riccio an und verzerrte dabei das Gesicht wie ein Alter.

»Ja, du mußt dahingehen«, sagte der Oberleutnant hastig.

»Sterben?«

»Ja.«

Der kleine Kerl hob eine Hand an die Brust. »Ihr wollt mich erschießen? Aber warum denn?«

»Du weißt doch noch, daß du damals zum Tod verurteilt worden bist. Bestimmt weißt du das noch. Nun, heute ist der Befehl gekommen, das Urteil zu vollstrecken.«

Riccio schluckte. »Aber ich dachte, ihr hättet an dieses Urteil überhaupt nicht mehr gedacht. Das ist ja schon vier Monate her.«

»Leider sind das Dinge, die man nicht auslöschen kann«, antwortete der Oberleutnant.

»Aber wenn ihr's bis jetzt nicht vollstreckt habt, warum wollt ihr's dann gerade jetzt tun? Dieses Urteil ist doch schon so, als wenn es gar nicht mehr gültig wäre. Weil ihr's damals nicht gleich vollstreckt habt, ist es doch genauso, als wär's aufgehoben.«

»Aufgehoben nicht«, erwiderte der Oberleutnant immer freundlicher. »Es war nur aufgeschoben.« Und über Riccios Kopf hinweg warf er einen Blick auf die Gesichter der drei Soldaten, um herauszufinden, ob es ihnen paßte oder unangenehm war, daß er alles so langwierig und vernünftig gestaltete, und er sah, wie einer von ihnen halb unbehaglich, halb ironisch zu den Fenstern der Kommandantur hinüberschielte.

»Aber ich, ich dachte, ich hätte mich gut geführt. In diesen vier Monaten hab' ich mich doch immer gut geführt.«

»Doch, du hast dich gut geführt. Das stimmt.«

»Also, warum wollt ihr mich dann umbringen?« Zwei Tränen waren ihm in die Augenwinkel gestiegen, und ohne sein Zutun waren sie kurz davor, unendlich anzuschwellen. »Ich bin erst vierzehn. Ihr wißt doch, daß ich erst vierzehn bin, das müßt ihr doch berücksichtigen. Oder ist euch zufällig irgendwas von früher über mich zu Ohren gekommen? Da ist kein wahres Wort dran. Ich hab' nie was Böses getan. Und ich hab' auch nicht mal mit angesehen, wie ein anderer was Böses getan hat. Ich war Meldegänger, das ist alles.«

»Weißt du«, erklärte der Oberleutnant, »man hat einen von uns umgebracht. Unteroffizier Rozzoni, du hast ihn ja gekannt. Einer von euren Leuten hat ihn umgebracht, auf dem Hügel hier gegenüber.«

»Verdammter Kerl!« flüsterte Riccio.

»Ganz richtig«, sagte der Oberleutnant. »Wenn wir den in die Hände bekämen!«

Riccio mühte sich verzweifelt, Speichel in den Mund zu bekommen, denn seine Zunge war so trocken, daß er kein Wort mehr herausbrachte, und wenn er nicht gleich wieder etwas sagte, das wußte er, würde der Oberleutnant das Zeichen zum Abmarsch geben. Gerade rechtzeitig fing er sich wieder und sagte: »Es tut mir leid, um diesen Unteroffizier tut es mir leid. Aber seit ich hier bin, habt ihr schon öfter Tote gehabt und habt das noch nie an mir ausgelassen.«

»Dieses Mal ist es aber so.«

»Wissen Sie noch, als Polacci gestorben ist?« fuhr Riccio hartnäckig fort. »Ich hab' sogar mitgeholfen, ihm das

Dingsda zu machen, den Katafalk, und ihr habt mich nicht mal schief angesehen dabei.«

»Dieses Mal ist es aber so.«

Riccio knautschte seinen Pullover mit beiden Händen. »Aber ich hab' doch nichts damit zu tun. Ich bin erst vierzehn, und ich war bloß Meldegänger. Und es war wirklich erst das zweite Mal, als man mich geschnappt hat, das schwör' ich euch. Ich hab' nichts damit zu tun. Aber der Befehl, wer hat denn den Befehl gegeben?«

»Der einzige, der ihn geben kann.«

»Der Kommandeur?« fragte Riccio. »Ich hab' euren Kommandeur oft gesehen, gerade hier auf dem Hof, und er hat mich nie schief angeguckt. Einmal hat er mir mit der Gerte gedroht, aber er hat gelacht dabei.«

»Dieses Mal ist es aber so«, seufzte der Oberleutnant und hatte nicht die Kraft, die drei Soldaten anzusehen.

»Ich will mit dem Kommandeur sprechen«, sagte Riccio.

»Das geht nicht. Und es hat auch keinen Zweck.«

»Will er das wirklich?«

»Sicher. Hier wird nur getan, was er will, und nichts, was er nicht will.«

Riccio weinte still vor sich hin, während er in seiner Tasche vergeblich nach einem Taschentuch tastete.

»Aber«, sagte er und wischte sich mit den Fingern unter den Augen, »ich hab' mich immer gut geführt, ich hab' alles getan, was ihr mir befohlen habt. Ich hab' gefegt, ich hab' Stiefel geputzt, ich hab' den Müll weggeschafft, ich hab' beladen und ausgeladen... Wann soll's denn sein?«

»Jetzt gleich.«

»Jetzt gleich?« stieß Riccio hervor und legte beide Hände auf die Brust. »Nein, nein, das ist ein starkes Stück! Moment mal! Ihr legt mich um und Bellini nicht?«

»Bellini auch«, antwortete der Oberleutnant. »Der Befehl gilt auch für Bellini. Sie holen ihn gerade vom Schlachthof.«

»Armer Bellini!« sagte Riccio. »Und wir warten nicht auf ihn? Warum warten wir nicht auf ihn? Dann sind wir wenigstens zusammen.«

»Befehl ist Befehl«, entgegnete der Oberleutnant. »Wir dürfen nicht warten. Da gibt's nichts mehr zu... Los, Riccio, vorwärts!«

»Nein!« sagte Riccio ganz ruhig.

»Vorwärts, Riccio, nur Mut!«

»Nein. Ich bin erst vierzehn. Und ich will noch meine Mutter sehen! Ach, Mama! Nein, das ist ja allerhand!«

Der Offizier schielte auf die drei Soldaten. Zwei von ihnen wollten anscheinend rasch ein Ende machen, aus Barmherzigkeit, der dritte sah ihn zugleich spöttisch und wütend an, als wollte er sagen: »Mit uns macht man nicht soviel Federlesens, wir bekommen vorher höchstens noch ein paar höhnische Worte zu hören, und den hier faßt du mit Samthandschuhen an. Ein schöner Offizier bist du! Du gehörst wohl auch zu denen, die meinen, wir seien im Unrecht und erledigt. Und wir? Wir Soldaten des Duce, sind wir vielleicht aus Stein?«

»Also los!« wiederholte der Oberleutnant und sah auf den dritten Soldaten, der Riccio scheinbar in seinen Schoß nehmen wollte, gleich einer Mutter, und doch das genaue genaue Gegenteil.

»Nein!« erwiderte Riccio, immer ruhiger. »Ich bin erst vier...«

Da machte der Oberleutnant die Augen zu und versetzte Riccio einen kräftigen Stoß gegen die Schulter; der fiel dem Soldaten in den Schoß, die andern beiden warfen sich über ihn wie ein Deckel. So erstickten sie seine Schreie, und aus dem Gewirr ragten nur noch die strampelnden Beine des Jungen heraus.

Sie gingen zum Einfahrtstor, und der Oberleutnant folgte ihnen mit bleiernen Füßen. »Mörder!« hörte man Riccio deutlich schreien. »Mama! Die wollen mich umbringen! Mama!«

Sie kamen nie bis zu diesem verdammten Tor, der Unteroffizier mußte schon postiert gewesen sein, denn das Tor wurde durch einen Druck von außen einen Spalt breit geöffnet.

Plötzlich löste sich das Gewirr, als sei in seiner Mitte eine Sprengbombe explodiert; im leeren Raum stand Riccio, halbnackt, und starrte auf den Offizier, den Finger auf ihn gerichtet.

»Rührt mich nicht an!« schrie er den Soldaten zu, die sich wieder um ihn drängten. »Ich geh' allein! Aber faßt mich nicht an! Ich geh' allein! Wenn ihr Bellini auch erschießt, wer würde mir dann in eurer verfluchten Kaserne noch Gesellschaft leisten? Keine Minute würde ich es mehr aushalten, ich würde euch noch bitten, mich zu erschießen! Die Soldaten sollen mich in Ruhe lassen! Ich geh' allein!«

Der Oberleutnant gab den Soldaten ein Zeichen, daß sie sich nicht nähern sollten, und sie traten etwas beiseite. Riccio machte tatsächlich ein paar Schritte zurück zum Tor, bis er fast daranstieß.

»Noch was«, sagte Riccio. »Ich hab' im Gefängnis einen Kuchen. Meine Mutter hat ihn mir geschickt. Ich hab' erst davon probiert, nur ein bißchen von der Kruste gegessen. Ich würde ihn Bellini schenken, aber Bellini kommt ja nach mir dran. Gebt ihn dem ersten Partisanen, der in euer verdammtes Gefängnis kommt. Wehe, wenn einer von euch ihn frißt!«

Er ging zum Wildbach hinaus, und die Soldaten lehnten das Tor wieder an. Der Oberleutnant blieb nur einen Augenblick stehen, dann lief er rasch in die Mitte des Hofes zurück. Aber auch dort hielt es ihn nicht, als könnten ihn die Schüsse noch durch die Mauer hindurch treffen. Mit großen Schritten brachte er sich in Deckung. Als er an der Ecke des Offizierskasinos angekommen war, krachten die Schüsse.

In der Kaserne waren wohl schon alle vorgewarnt, nichts regte sich: keine Neugierigen, keine Rufe, niemand kam an die großen Fenster. Alle Geräusche in Canelli waren schlagartig verstummt.

Der Oberleutnant preßte eine Hand auf die Haare, die alle abstanden, und ging langsam und matt zum Wachlokal, wo er auf Bellini warten wollte.

# 13

Um diese Zeit war Milton auf dem Weg zu Fulvias Villa auf dem letzten Hügel vor Alba. Den größten Teil des Weges hatte er bereits hinter sich, längst auch schon den Gipfel, von dem er das Haus zum erstenmal gesehen hatte. Es war ihm gespenstisch erschienen, so verschleiert durch den Regenvorhang. Es regnete heftig wie noch nie. Die Straße war eine einzige Pfütze, er watete darin wie in einem Wildbach, die Felder hatten sich in Morast aufgelöst, Bäume und Sträucher standen gebeugt, gleichsam vom Regen vergewaltigt. Der Regen machte einen taub. Vom Gipfel hatte er sich ungehemmt den Hang hinuntergleiten lassen und dabei sogar riskiert abzurutschen. Ein paarmal rutschte er auf dem Rücken, immer zehn, zwölf Meter weit auf dem gewölbten, welligen Abhang, dabei hielt er die Pistole mit beiden Händen wie ein Steuer. Auf der anderen Seite des Tals stieg er wieder einen Hügel hinauf. Von dort oben würde sich ihm der Anblick des Hauses noch einmal präsentieren. Obwohl er mit aller Kraft ausschritt, kam er nur in kleinen Kinderschritten vorwärts. Er hustete und keuchte. »Was soll ich überhaupt noch dort? Heute nacht war ich verrückt, bestimmt habe ich im Fieber phantasiert. Es gibt nichts zu klären, zu prüfen, nichts zu retten. Es gibt keine Zweifel. Die Worte der Frau, eines wie das andere, können nur eins bedeuten...« Er hatte den Gipfel erreicht, und ehe er hinüberschaute, schleuderte er sich die Haare, die der Wind abwechselnd anklebte und löste, aus der Stirn. Da war die Villa, hoch oben auf ihrem Hügel, in der Luftlinie mochte sie nicht mehr als zweihundert Meter entfernt sein. Vielleicht lag es an den dichten Regenwänden, aber von hier aus erschien sie ihm plötzlich ausgesprochen häßlich und verkommen, als sei sie innerhalb der vier Tage um ein ganzes Jahrhundert gealtert. Die Wände waren grau und fleckig, das Dach verschimmelt, der Garten ringsum ungepflegt und verwildert.

»Ich gehe hin, ich gehe trotzdem hin. Ich wüßte wirklich nicht, was ich sonst tun soll, und irgend etwas muß ich tun. Ich werde den Jungen des Verwalters in die Stadt schicken, um etwas über Giorgio zu erfahren. Ich werde ihm ... ich werde ihm die zehn Lire geben, die ich eigentlich immer in der Tasche haben müßte.«

Er rutschte den Abhang hinunter, hatte die Villa gleich wieder aus den Augen verloren und erreichte schließlich rutschend das Ufer des Wildbachs unterhalb der Brücke. Dort, wo sie sonst den Bach überqueren, stand das Wasser eine Handbreit über den Felsblöcken. Er sprang von einem Stein zum andern, bis an die Knöchel im eisigen, zähflüssigen Wasser. Dann ging er den Weg hinauf, den er vor vier Tagen vor Ivan hergerannt war. Auf ebener Strecke marschierte er ungestüm drauflos, das war seine Antwort auf die Heftigkeit des Regens. »Ich muß schön aussehen. Ich bestehe aus Schlamm, außen und innen. Meine eigene Mutter würde mich nicht wiedererkennen. Fulvia, das hättest du mir nicht antun dürfen. Besonders, da mir all das noch bevorstand. Aber du konntest ja nicht ahnen, was mir bevorstand und ihm und all den andern Kerlen. Du sollst auch nichts erfahren, du sollst nur wissen, daß ich dich liebe. Aber ich muß Gewißheit haben, daß deine Seele mir gehört. Ich denke an dich, auch jetzt denke ich an dich. Weißt du, daß du augenblicklich stirbst, wenn ich aufhöre, an dich zu denken? Aber du brauchst keine Angst zu haben, ich werde nie aufhören, an dich zu denken.«

Er stieg die vorletzte Böschung hinauf, die Augen halb zusammengekniffen. Wenn er erst ganz oben war, würde er geradewegs losschnellen, die Augen weit aufreißen und sich an ihrem Haus satt sehen. Die Tropfen schlugen ihm auf den Kopf wie Bleikugeln, und manchmal hätte er vor Ungehaltenheit am liebsten geschrien. So sah er auch die menschliche Gestalt nicht, die ihm entgegenkam, in einem Feld an einer Hecke entlang, etwa dreißig Schritt links von ihm. Ein junger Bauer war es, der auf Zehenspitzen durch den Schlamm lief, gebückt und flink wie ein Affe, als ob er jeden Augenblick losrennen wollte und sich nur nicht getraute. Bald löste sich die Gestalt im Regen auf.

Er kam oben an und blickte gleich zur Villa hinüber, ohne anzuhalten, fast wäre er beim ersten Gefälle gestolpert. Während er sich noch fing, klärte er seinen Blick und sah sich den Soldaten gegenüber. Mit einem Ruck blieb er mitten auf dem Weg stehen, beide Hände auf den Magen gepreßt.

Es waren an die fünfzig, in allen Richtungen über die Felder verstreut, ein einziger stand auf dem Weg, nicht alle mit schußbereiter Waffe, doch alle in durchweichter Tarnkleidung, der Regen zerstäubte auf ihren glänzenden Helmen. Am nächsten war der auf dem Weg, er stand etwa dreißig Meter von ihm entfernt, hielt das Gewehr zwischen Schulter und Arm, als wollte er ihn einschüchtern.

Noch hatte keiner ihn bemerkt, sie alle, er inbegriffen, schienen sich in Trance zu befinden.

Mit einem Schnippen des Daumens öffnete er die Pistolentasche, aber die Pistole nahm er nicht heraus. Im selben Moment, als der Soldat auf dem Weg die vom Regen benommenen Augen auf ihn richtete, drehte Milton sich jäh um. Der Alarmruf erreichte ihn nicht, nur ein heiserer Schrei der Überraschung.

Er lief aufwärts mit weitausholenden, gefühllosen Schritten, während er sein Herz an vielen, ganz sinnlosen Stellen klopfen fühlte und der Rücken sich scheinbar bis über die Breite des Weges ausdehnte. »Ich bin erledigt. Soll's mich im Nacken treffen. Wann schießen sie endlich?«

»Ergib dich!«

Sein Magen wurde eiskalt, und das linke Knie versagte plötzlich, doch er riß sich zusammen und raste der Böschung entgegen. Sie schossen schon nach ihm, mit Gewehr und Maschinengewehr, und Milton schien, als renne er nicht auf der Erde, sondern trete auf den Wind der Geschosse. »In den Kopf, in den Kopf!« schrie es in ihm, und mit einem Sprung hechtete er über die Böschung und landete auf dem Abhang, während unzählige Geschosse über die Böschung fegten und die Luft über ihm zerschnitten. Er rutschte den Abhang sehr weit hinunter, durchfurchte den Schlamm mit vorgestrecktem Kopf, die Augen versperrt und blind, streifte vorstehende Steine und Dornenbüschel. Doch er spürte die Wunden nicht, sah kein Blut, oder der Schlamm verschloß, verschmierte alles. Wieder raffte er sich auf und lief, aber zu langsam und zu schwerfällig, er hatte nicht den Mut, sich umzuschauen, er wollte nicht sehen, wie sie jetzt auf der Böschung standen, nebeneinander in einer Reihe wie auf dem Schießstand. Unbeholfen rannte er dahin zwischen Damm und Wildbach, dann kam ihm der Gedanke stehenzubleiben, da er doch nicht schnell genug laufen konnte. Er wartete dauernd auf die Schüsse. »Nur nicht in die Beine, nur nicht ins Rückgrat!« Er lief weiter am Bach entlang, dorthin, wo die Bäume am dichtesten standen. Da sah er sie auf dem Grabendamm, eine zweite Patrouille wahrscheinlich, halb versteckt in den triefenden Akazien, etwa fünfzig Schritt von ihm entfernt. Noch hatten sie ihn nicht entdeckt, er war wie ein schlammtriefendes Gespenst, doch da schrien sie und richteten die Waffen auf ihn.

»Ergib dich!«

Schon hatte er gebremst und war zurückgewichen. Er lief auf die Brücke zu, und nach ein paar Schritten drehte er sich um sich selbst, stürzte und rollte ein Stück weiter. Sie schossen von zwei Seiten, von der Böschung und vom Grabendamm, brüllten und feuerten sich gegenseitig an, wiesen zu ihm herüber, beschimpften sich, machten sich gegenseitig Mut. Da war Milton wieder auf den Beinen, im Fallen war er gegen eine Erderhebung gestoßen. Rings um ihn riß brodelnd die Erde auf, Abschüsse von Schlamm, entfesselt durch die Geschosse, klammerten sich an seine Knöchel, die Sträucher am Ufer vor ihm barsten mit plötzlichem Geknatter.

Wieder lief er auf die verminte kleine Brücke zu. Es war ein Tod wie jeder andere, doch bei den letzten Schritten rebellierte sein Körper, sträubte sich, zerfetzt in die Luft zu fliegen. Ohne daß sein Gehirn eingriff, bremste er mit einem Ruck, sprang in den Wildbach, flog über das Gebüsch, das von den Geschossen zerfetzt wurde.

Er fiel auf die Füße, und das Wasser hielt seine Knie fest, während ihm das vom Beschuß abgeholzte Astwerk auf die Schultern fiel. Er verhielt nicht länger als eine Sekunde, aber er wußte, daß sie genügt hatte; wenn er gewagt hätte, sich umzuschauen, hätte er gewiß die ersten Soldaten bereits am Ufer gesehen, wie sie auf seinen Kopf zielten aus sieben, acht, zehn Gewehren zugleich. Seine Hand flog an die Pistolentasche, aber er fand sie leer, unter seinen Händen spritzte nur ein wenig Schlamm auf. Gewiß hatte er sie verloren, als er kopfüber die Böschung hinabrutschte. In seiner

Verzeiflung drehte er den Kopf und spähte zwischen den Büschen hindurch. Ein einziger Soldat war in seiner Nähe, etwa zwanzig Schritt entfernt, das Gewehr zappelte in seiner Hand, seine Augen waren starr auf den Brückenbogen gerichtet. Mit einem betäubenden Klatschen warf Milton sich bäuchlings ins Wasser und hatte mit einem einzigen Stoß das andere Ufer erreicht. Hinter ihm brach das Schreien und Schießen wieder los. Auf dem Bauch kroch er über den Uferrand und stürzte sich auf die unermeßliche, kahle Wiese. Doch seine Knie versagten bei der unerträglichen Anstrengung, sofort zu beschleunigen. Er schlug zu Boden. Sie brüllten, was das Zeug hielt. Eine Stimme verfluchte die Soldaten. Zwei Geschosse schlugen in die Erde neben ihm, weich, gütlich. Er erhob sich wieder und lief ohne übermäßige Anstrengung, resigniert, sogar ohne einen Zickzackkurs einzuhalten. Unzählige Geschosse flogen heran, in Schwärmen, in Reihen. Auch quer kamen sie, ein paar Soldaten waren nach links gerannt, um ihn von der Seite zu treffen, und sie zielten mit Vorhalt wie bei einem Vogel. Diese Schüsse von der Seite erschreckten ihn unendlich mehr, bei direktem Beschuß wäre er vielleicht sofort tot gewesen. »In den Kopf, in den Kopf!« Er hatte keine Pistole mehr, um sich zu erschießen, er sah keinen Baumstamm, an dem er sich hätte den Schädel einrennen können, und während er blindlings weiterlief, krallte er beide Hände um den Hals, um sich zu erwürgen.

Er rannte immer schneller, immer aufgelöster, sein Herz klopfte, doch von außen nach innen, als ob es darauf brannte, seinen Platz zurückzuerobern. Er lief, wie er noch nie gelaufen war, wie noch nie ein Mensch gelaufen war, und die Kämme der gegenüberliegenden Hügel, geschwärzt und verwaschen von dieser Sintflut, leuchteten wie glühender Stahl vor seinen aufgerissenen, halbblinden Augen auf.

Er rannte, und die Schüsse und Schreie ließen nach, ertranken in einem unendlichen, unüberwindlichen Teich zwischen ihm und den Feinden.

Er rannte immer noch, doch ohne den Boden zu berühren, Körper, Bewegung, Atem, Anstrengungen hatten keinen Sinn mehr. Dann, während er immer noch durch unbekannte oder vor seinen Augen verschwimmende Ecken der Gegend rannte, begann sein Gehirn wieder zu funktionieren. Doch die Gedanken kamen von außen, trafen seine Stirn wie Kieselsteine, die von einer Schleuder geschnellt waren. »Ich lebe. Fulvia. Ich bin allein. Fulvia, gleich tötest du mich!«

Er rannte immer weiter. Der Boden stieg leicht an, doch ihm war, als liefe er über eine Ebene, über trockenen, federnden und angenehmen Boden. Dann stellte sich ihm plötzlich ein kleines Dorf in den Weg. Keuchend wich Milton ihm aus, rannte um den Ort herum. Doch als er schon vorüber war, bog er unvermittelt nach links und kehrte noch einmal zurück. Er mußte Menschen sehen und gesehen werden, er mußte sich davon überzeugen, daß er lebte, daß er kein Gespenst war, das durch die Luft flog und drauf und dran war, sich in den Netzen der Engel zu verfangen. Er erreichte den Eingang des Dorfes im Lauftempo und lief mitten durch den Ort. Da waren kleine Kinder, die aus der Schule kamen, und bei seinem dröhnenden Galopp über das Pflaster blieben sie auf den Stufen stehen und starrten auf die Biegung. Milton kam hervorgeschossen, wie ein Pferd, die Augen ganz weiß, den Mund aufgerissen und voller Schaum, und bei jedem Aufprall seiner Füße stob ihm der Schlamm von den Flanken. Jemand schrie, vielleicht war es die Lehrerin am Fenster, doch er war schon vorüber, beim letzten Haus, am Rand des freien, wogenden Landes.

Er lief, mit aufgerissenen Augen, sah kaum etwas von der Erde und nichts vom Himmel. Er spürte ganz klar die Einsamkeit, die Stille, den Frieden, aber noch immer lief er, leicht, unwiderstehlich. Da kam ihm ein Wald entgegen, und Milton rannte gerade darauf zu. Sobald er unter den Bäumen anlangte, war ihm, als schlössen sie sich zusammen und bildeten vor ihm eine Wand, und einen Meter vor dieser Wand brach er zusammen.